Diogenes Taschenbuch 20714

de
te
be

Georges Simenon

Maigret kämpft um den Kopf eines Mannes

Roman

Aus dem Französischen von Roswitha Plancherel

Diogenes

Titel der Originalausgabe:
›La tête d'un homme‹

Die deutsche Erstausgabe erschien 1948 unter
dem Titel ›Um eines Mannes Kopf‹
Die vorliegende Übersetzung wurde für
die Neuausgabe 2001 überarbeitet
Umschlagfoto:

www.diogenes.ch
100/03/8/4
ISBN 3 257 20714 X

Inhalt

1 »Zelle elf, Hochsicherheitstrakt« 7
2 Der Schläfer 23
3 Die zerrissene Zeitung 42
4 Generalstabsarbeit 54
5 Der Kaviarliebhaber 69
6 Die Herberge in Nandy 83
7 Der Gartenzwerg 95
8 Ein Mann im Haus 111
9 Am Morgen danach 127
10 Der Zauberschrank 144
11 Hoch gepokert 158
12 Der Sturz 181

I

»Zelle elf, Hochsicherheitstrakt«

Als irgendwo eine Glocke zweimal schlug, saß der Gefangene auf seiner Pritsche, und zwei große, knotige Hände umklammerten seine Knie.

Eine Minute lang vielleicht saß er reglos, wie unentschlossen, dann streckte er plötzlich mit einem Seufzer die Glieder und stand riesengroß, schlottrig, mit einem zu dicken Kopf, zu langen Armen und eingefallener Brust in seiner Zelle.

Sein Gesicht drückte keinerlei Empfindung aus, nur Stumpfheit oder auch einen unmenschlichen Gleichmut. Und doch reckte er die Faust gegen eine der Zellenwände, ehe er auf die Tür mit dem geschlossenen Schiebefenster zuging.

Hinter jener Wand lag eine Zelle, die genauso aussah wie seine. Dort, wie in vier weiteren Zellen des Hochsicherheitstrakts in der Santé, wartete ein zum Tode Verurteilter entweder auf seine Begnadigung oder aber auf die feierliche Abordnung, die eines Nachts eintreten und ihn wortlos wecken würde.

Dieser Gefangene jammerte nun seit fünf Tagen, Stunde um Stunde, Minute um Minute, manchmal gedämpft, monoton, dann wieder in wilder Auflehnung schreiend, schluchzend, tobend.

Nummer 11 hatte ihn nie gesehen, wußte nichts von ihm. Nur die Stimme verriet ihm, daß sein Nachbar noch ganz jung sein mußte.

Jetzt eben klang das Stöhnen matt, mechanisch. In den Augen des Mannes, der sich erhoben hatte, glomm ein Funke von Haß auf, und er ballte die Fäuste.

Aus dem Flur, aus den Höfen und Wandelgängen, aus dieser ganzen Festung, die sich Santé nennt, aus den Straßen ringsum, aus Paris drang kein Laut.

Nur dieses Stöhnen von Nummer 10!

Und Nummer 11 zerrte mit einer krampfhaften Bewegung an seinen Fingern, erschauerte einmal, zweimal, ehe er die Tür berührte.

In der Zelle brannte Licht, wie es die Vorschrift im Hochsicherheitstrakt verlangte. Normalerweise sollte sich ein Wärter im Flur aufhalten und jede Stunde die Schiebefenster der fünf Todeszellen öffnen.

Die Hände des Mannes tasteten über das Schloß. Die lähmende Angst, die ihn jäh überfiel, verlieh seiner Gebärde etwas Feierliches.

Die Tür ging auf. Der Stuhl des Aufsehers stand verlassen im Flur.

Der Mann begann zu laufen, geduckt, von Schwindel gepackt. Sein Gesicht schimmerte mattweiß, die grünlichen Augen waren rot gerändert.

Dreimal machte er kehrt, weil er sich verirrt hatte und gegen verschlossene Türen anrannte.

Am Ende des Korridors vernahm er Stimmen: Wärter rauchten und unterhielten sich laut in einer Wachstube.

Endlich war er in einem Hof, wo die Dunkelheit in

regelmäßigen Abständen vom Lichtkegel einer Lampe durchbrochen wurde. Hundert Meter von ihm entfernt patrouillierte ein Wachtposten vor dem Tor auf und ab.

Aus einem Fenster weiter drüben fiel Licht, und man konnte einen Mann erkennen, der sich mit der Pfeife im Mund über einen Schreibtisch voller Akten beugte.

Nummer 11 hätte gern noch einmal den Zettel gelesen, der drei Tage zuvor am Boden seines Eßnapfs geklebt hatte, aber er hatte ihn zerkaut und hinuntergeschluckt, wie der Absender es ihm geraten hatte. Noch vor einer Stunde hatte er den Inhalt auswendig gewußt, doch jetzt gab es Stellen, an die er sich beim besten Willen nicht mehr genau erinnern konnte.

Am 15. Oktober um zwei Uhr morgens wird Deine Zellentür unverschlossen und der Aufseher anderweitig beschäftigt sein. Wenn Du dem unten skizzierten Weg folgst...

Der Mann fuhr sich mit fieberheißer Hand über die Stirn, starrte furchtsam auf die Lichtkegel, unterdrückte einen Schrei, als er Schritte hörte. Aber sie kamen nur von der Straße jenseits der Mauer.

Dort gingen freie Menschen und plauderten, während ihre Absätze auf dem Pflaster klapperten.

»Daß die sich unterstehen, fünfzig Franc für einen Sitzplatz zu verlangen...«

Es war eine Frau.

»Nun ja, sie haben eine Menge Unkosten...«, erwiderte eine Männerstimme.

Und der Gefangene tastete sich der Mauer entlang, erstarrte, weil er mit dem Fuß an einen Stein gestoßen war, horchte, so leichenfahl und so lächerlich mit seinen viel zu langen, heftig rudernden Armen, daß man ihn an jedem andern Ort für einen Betrunkenen gehalten hätte.

Die Männer warteten weniger als fünfzig Meter von dem unsichtbaren Gefangenen entfernt in einer Mauernische neben einer Pforte, auf der ›Wirtschaftsgebäude‹ geschrieben stand.

Kommissar Maigret empfand nicht das Bedürfnis, sich an die dunkle Backsteinmauer zu lehnen. Die Hände in den Taschen seines Überziehers vergraben, stand er so fest und unbeweglich auf seinen kräftigen Beinen, daß er wie eine leblose Masse wirkte. Man hörte aber in regelmäßigen Abständen seine Pfeife knistern. Man konnte sich auch die gespannte Erwartung in seinem Blick vorstellen, die er nicht zu unterdrücken vermochte.

Zehnmal schon mußte er dem Untersuchungsrichter Coméliau beruhigend an die Schulter gefaßt haben, weil dieser nicht stillhalten konnte.

Der Richter war um ein Uhr eingetroffen. Er kam von einer Abendgesellschaft, im dunklen Anzug, den dünnen Schnurrbart sorgfältig gebürstet, das Gesicht röter als üblich.

Neben ihm stand mit verdrießlicher Miene und hochgeklapptem Rockkragen der Direktor der Santé, Monsieur Gassier, und tat, als ginge ihn das Ganze nichts an.

Es war kalt. Der Wächter am Hoftor stampfte auf den Boden, und der Atem der Männer stieg als feiner Dampf in die Luft.

Vom Gefangenen war nichts zu sehen, da er die beleuchteten Stellen mied. Doch wie sehr er auch darauf bedacht sein mochte, keinen Lärm zu machen, man hörte ihn hin und her gehen, konnte gewissermaßen jede seiner Bewegungen verfolgen.

Nach zehn Minuten trat der Richter dicht an Maigret heran, öffnete den Mund, um etwas zu sagen. Der Kommissar packte ihn so hart an der Schulter, daß er verstummte, seufzte, mechanisch eine Zigarette aus der Tasche holte, die ihm sogleich entrissen wurde.

Alle drei hatten begriffen. Nummer 11 fand den Weg nicht. Jeden Augenblick konnte er von einer Patrouille entdeckt werden.

Und man konnte nichts tun! Man konnte ihn nicht zu der Stelle an der Mauer führen, wo ein Paket mit Kleidern für ihn bereitlag und wo ein mit Knoten versehener Strick herabhing.

Dann und wann fuhr ein Wagen auf der Straße vorbei. Dann und wann auch waren Stimmen zu hören, die im Gefängnishof eigentümlich widerhallten.

Die drei Männer konnten sich nur mit Blicken verständigen. Diejenigen des Gefängnisdirektors waren verbissen, ironisch, wütend. Richter Coméliau spürte, wie sein Unbehagen und seine Nervosität sich zusehends steigerten.

Und Maigret war der einzige, der sich zur Ruhe zwang, der zuversichtlich blieb. Aber hätte er im vollen Licht gestanden, so hätte man auf seiner Stirn glitzernde Schweißperlen sehen können.

Als es halb drei schlug, tappte der Gefangene noch immer ziellos umher. In der nächsten Sekunde jedoch durchfuhr die drei Männer der gleiche Schock.

Man hatte den Seufzer nicht gehört. Man hatte ihn erraten. Und man erriet, man spürte die fieberhafte Eile des Mannes, der endlich mit dem Fuß an das Kleiderpaket gestoßen war und den Strick entdeckt hatte.

Immer noch verstrich die Zeit im Takt der Schritte des Wächters. Der Richter setzte im Flüsterton zu einer Frage an:

»Sind Sie sicher, daß ...«

Maigrets Blick ließ ihn verstummen. Und der Strick bewegte sich. An der Mauer tauchte etwas Helles auf: das Gesicht des Sträflings Nummer 11, der sich an den Knoten emporzog.

Es dauerte lange! Zehnmal, zwanzigmal länger als geplant. Und als er oben angelangt war, schien er das Unternehmen aufzugeben, denn er rührte sich nicht mehr.

Man sah ihn jetzt als Schattenriß flach auf der Mauer liegen. War ihm schwindlig geworden? Hatte er Angst, sich auf die Straße hinuntergleiten zu lassen? Waren es Passanten, die ihn daran hinderten, oder ein Liebespaar, das sich in eine Mauernische drückte?

Richter Coméliau schnippte ungeduldig mit den Fingern. Der Gefängnisdirektor sagte leise:

»Sie brauchen mich hier wohl nicht mehr ...«

Endlich wurde der Strick heraufgezogen und auf der Straßenseite hinuntergelassen. Der Mann verschwand.

»Wenn ich Ihnen nicht blindlings vertrauen würde, Kommissar, hätte ich mich niemals auf dieses Abenteuer eingelassen, das schwöre ich Ihnen ... Vergessen Sie nicht, daß ich

Heurtin nach wie vor für schuldig halte! Angenommen, er entwischt Ihnen…«

»Sehe ich Sie morgen?« war alles, was Maigret erwiderte.

»Ab zehn Uhr bin ich im Büro.«

Schweigend drückten sie sich die Hand. Der Direktor reichte die seine mit spürbarem Widerwillen und entfernte sich unter undeutlichem Brummen.

Maigret blieb noch eine Weile vor der Mauer stehen. Erst nachdem er jemanden Hals über Kopf hatte davonlaufen hören, wandte er sich dem Hoftor zu. Er hob die Hand zum Gruß, als er am Wachtposten vorbeiging, warf einen Blick auf die menschenleere Straße, bog in die Rue Jean-Dolent ein.

»Abgehauen?« fragte er die schemenhafte Gestalt, die an der Mauer lehnte.

»In Richtung Boulevard Arago. Dufour und Janvier beschatten ihn…«

»Du kannst schlafen gehen.«

Maigret schüttelte dem Inspektor geistesabwesend die Hand, entfernte sich mit schweren Schritten und gesenktem Kopf und steckte sich eine Pfeife an.

Es war vier Uhr morgens, als er die Tür seines Büros am Quai des Orfèvres aufstieß. Seufzend entledigte er sich seines Mantels, leerte ein halbes Glas abgestandenes Bier, das vergessen zwischen dem Papierkram auf dem Schreibtisch stand, und ließ sich in seinen Sessel fallen.

Vor ihm lag eine prall gefüllte Aktenmappe. Ein Schreiber der Kriminalpolizei hatte sie mit einem schön geschwungenen Titel versehen:

Das Warten dauerte drei Stunden. Die nackte Glühbirne war von einer Rauchwolke umgeben, die sich beim geringsten Luftzug ausbreitete. Von Zeit zu Zeit erhob sich Maigret, um das Feuer im Ofen zu schüren, dann setzte er sich wieder hin, nicht ohne der Reihe nach seinen Rock, seinen Kragen und schließlich seine Weste abzulegen.

Das Telefon stand in Reichweite, und gegen sechs Uhr griff er nach dem Hörer, um sich zu vergewissern, daß seine Leitung in die Stadt freigehalten wurde.

Die gelbe Mappe lag offen auf dem Schreibtisch. Polizeiberichte, Zeitungsausschnitte, Protokolle, Fotografien waren herausgeglitten, und Maigret betrachtete sie von weitem, zog manchmal ein Schriftstück näher heran, weniger um es zu lesen, als um seine Gedanken zu ordnen.

Das Ganze wurde von einer vielsagenden Schlagzeile beherrscht, die sich über zwei Zeitungsspalten hinzog:

Joseph Heurtin, der Mörder von Madame Henderson und ihrer Zofe, ist heute morgen zum Tode verurteilt worden.

Maigret rauchte pausenlos, betrachtete besorgt den hartnäckig schweigenden Telefonapparat.

Um sechs Uhr zehn klingelte es, aber es war eine falsche Verbindung.

Von seinem Platz aus konnte der Kommissar einzelne Abschnitte aus den verschiedenen Schriftstücken lesen, die er im übrigen auswendig wußte.

Joseph-Jean-Marie Heurtin, geboren in Melun, 27 Jahre alt, als Laufbursche angestellt bei Monsieur Gérardier, Blumenhändler, Rue de Sèvres…

Eine Fotografie, aufgenommen vor einem Jahr, zeigte ihn in einer Jahrmarktbude in Neuilly. Ein hochaufgeschossener Jüngling mit übermäßig langen Armen, einem dreieckigen Kopf, fahlem Teint und Kleidern, die geschmacklose Eitelkeit verrieten.

Bluttat in Saint-Cloud
Reiche Amerikanerin und ihre Zofe erdolcht aufgefunden

Das war im Juli gewesen.

Maigret stieß die grausigen Bilder, die der polizeiliche Erkennungsdienst am Tatort gemacht hatte, von sich: die beiden Leichen, aus allen Blickwinkeln fotografiert, überall Blut, verzerrte Gesichter, blutbefleckte, zerfetzte Nachthemden.

Kommissar Maigret von der Kriminalpolizei klärt das Verbrechen von Saint-Cloud auf. Der Mörder sitzt hinter Schloß und Riegel.

Er wühlte in den Papieren auf dem Schreibtisch, fand den Zeitungsausschnitt, der erst zehn Tage alt war.

Joseph Heurtin, der Mörder von Madame Henderson und ihrer Zofe, ist heute morgen zum Tode verurteilt worden.

Im Hof des Polizeipräsidiums spuckte ein Gefängniswagen seine nächtliche Ernte aus, die vorwiegend aus Frauen bestand. Nach und nach konnte man Schritte in den Korridoren hören, und über der Seine lichtete sich der Morgennebel.

Das Telefon schrillte.

»Hallo! Dufour?«

»Am Apparat, Chef.«

»Nun?«

»Nichts. Das heißt… Wenn Sie wollen, fahr ich hin. Im Augenblick genügt Janvier…«

»Wo ist er?«

»Im ›Citanguette‹.«

»Wie? … Wo, sagst du?«

»Das ist ein Bistro bei Issy-les-Moulineaux… Ich nehm schnell ein Taxi und berichte Ihnen gleich ausführlich…«

Maigret wanderte im Büro umher, schickte den Bürodiener in die Brasserie Dauphine nach Kaffee und Hörnchen.

Er hatte gerade den ersten Bissen im Mund, als Inspektor Dufour hereinkam, klein und zierlich und überaus korrekt in seinem grauen Anzug mit dem sehr hohen und sehr steifen Hemdkragen. Dufour trug seine übliche undurchdringliche Miene zur Schau.

»Sag mir als erstes, was es mit dem ›Citanguette‹ auf sich hat«, knurrte Maigret. »Setz dich!«

»Das ist ein Bistro für die Schiffer, direkt an der Seine, zwischen Grenelle und Issy-les-Moulineaux.«

»Ist er geradewegs dorthin gegangen?«

»Eben nicht, nein! Und es ist ein Wunder, daß er Janvier und mich nicht abgehängt hat…«

»Hast du schon gefrühstückt?«

»Im ›Citanguette‹, ja.«

»Also, schieß los!«

»Sie haben ihn ja davonlaufen sehen, nicht wahr? Erst ist er einfach losgerannt. Er muß eine Heidenangst davor gehabt haben, wieder gefaßt zu werden. Beruhigt hat er sich erst beim Löwen von Belfort, den er ganz verblüfft angestarrt hat...«

»Wußte er, daß er beschattet wurde?«

»Bestimmt nicht. Er hat sich kein einziges Mal umgedreht.«

»Und dann?«

»Ich glaube, nur ein Blinder oder jemand, der sich in Paris überhaupt nicht auskennt, hätte sich so verhalten... Er bog plötzlich in die Straße ein, die durch den Friedhof Montparnasse führt. Ich hab vergessen, wie sie heißt. Keine Menschenseele weit und breit. Es war unheimlich. Wahrscheinlich wußte er nicht, wo er war, denn als er die Gräber hinter dem Gitter sah, rannte er von neuem los.«

»Weiter!«

Maigret sprach mit vollem Mund. Sein Gesicht hatte sich aufgehellt.

»Wir landeten am Montparnasse. Die großen Cafés waren geschlossen. Es gab aber noch offene Nachtlokale. Ich hab gesehen, wie er vor einem Dancing stehenblieb, aus dem Jazzmusik tönte. Eine kleine Blumenverkäuferin ging mit ihrem Korb auf ihn zu, und da ist er weggelaufen...«

»In welche Richtung?«

»In keine bestimmte. Er ist erst den Boulevard Raspail entlanggelaufen, dann durch eine Seitenstraße wieder zurückgekommen, und dann stand er wieder vor dem Bahnhof Montparnasse.«

»Wie sah er aus?«

»Leer, ausdruckslos. Wie vor dem Untersuchungsrichter, wie vor dem Schwurgericht... Totenbleich... Und ein verschwommener, verängstigter Blick... Ich kann es Ihnen nicht beschreiben. Eine halbe Stunde später waren wir in den Markthallen.«

»Und niemand hatte ihn angesprochen?«

»Kein Mensch.«

»Und er hatte nicht irgendwo einen Zettel in den Briefkasten geworfen?«

»Nein. Ich schwör es Ihnen, Chef! Janvier folgte ihm auf der einen, ich auf der anderen Straßenseite. Keine einzige Bewegung ist uns entgangen. Einmal blieb er einen Augenblick vor einer Würstchenbude stehen. Er zögerte. Dann ging er weiter, vielleicht weil er einen Polizisten in Uniform gesehen hatte...«

»Du hattest also nicht das Gefühl, daß er eine bestimmte Adresse suchte?«

»Nichts dergleichen! Man hätte ihn eher für einen Betrunkenen halten können, der sich Gott weiß wohin treiben läßt... Wir stießen wieder auf die Seine, an der Place de la Concorde. Und dann hat er sich wohl in den Kopf gesetzt, dem Fluß zu folgen... Zwei- oder dreimal hat er sich hingesetzt...«

»Wohin?«

»Einmal auf die Steinbrüstung. Ein andermal auf eine Bank. Ich kann es nicht beschwören, aber ich glaube, dort hat er geweint. Jedenfalls legte er den Kopf in die Hände.«

»Sonst jemand auf der Bank?«

»Niemand. Und weiter ging's, immer zu Fuß. Stellen Sie sich die Strecke bis Les Moulineaux vor! Ab und zu blieb er stehen und starrte auf das Wasser. Die ersten Schleppkähne kamen gefahren. Dann füllten sich die Straßen mit Fabrikarbeitern... Er ging immer weiter wie einer, der keine Ahnung hat, was er tun soll...«

»Ist das alles?«

»So ziemlich. Warten Sie... Auf dem Pont Mirabeau hat er ganz mechanisch die Hände in die Taschen gesteckt und etwas rausgezogen.«

»Zehn-Franc-Scheine...«

»So kam es uns jedenfalls vor, Janvier und mir... Danach begann er Ausschau zu halten. Nach einem Bistro natürlich! Aber am rechten Ufer war noch nichts offen. Er überquerte den Fluß. In einer kleinen Bar voll Lastwagenfahrer hat er Kaffee und ein Glas Rum getrunken...«

»Im ›Citanguette‹?«

»Noch nicht! Janvier und ich hatten weiche Knie. Wir zwei durften uns ja kein Gläschen erlauben, um uns ein bißchen aufzuwärmen. Er marschierte wieder los. Er lief kreuz und quer. Janvier hat sich alle Straßennamen notiert und wird Ihnen ausführlich berichten. Schließlich sind wir wieder in die Quais eingebogen, neben einer großen Fabrik... Eine gottverlassene Gegend... Ein paar Sträucher wachsen dort und Gras, wie draußen auf dem Land, zwischen zwei Schrotthaufen. Neben einem Hebekran liegen Flußkähne vor Anker. Etwa zwanzig, schätze ich...

›La Citanguette‹ ist ein Wirtshaus, das man dort nicht erwarten würde. Ein kleines Bistro, wo es was zu essen gibt. Rechts davon befindet sich ein Schuppen mit einem elektrischen Klavier, und auf einem Schild steht: ›Samstag und Sonntag Tanz‹.

Der Mann hat wieder Kaffee und Rum getrunken. Man hat ihm Würstchen gebracht, aber er hat lang drauf warten müssen. Dann hat er mit dem Wirt gesprochen, und eine Viertelstunde später haben wir die beiden in den ersten Stock hinaufgehen sehen. Als der Wirt runterkam, ging ich hinein. Ich fragte ihn rundheraus, ob er Zimmer vermiete.

›Wieso? Stimmt etwas nicht mit ihm?‹ wollte er gleich wissen.

Der Mensch hat offenbar häufig mit der Polizei zu tun. Ich konnte mir eine Ausrede ersparen und hab ihn lieber ein bißchen eingeschüchtert. Ein Wort zu dem Gast, sagte ich, und sein Lokal würde geschlossen.

Er kennt ihn nicht... Ich bin sicher! ... Die Gäste des Hauses sind hauptsächlich Flußschiffer und Arbeiter aus der nahen Fabrik, die mittags ihren Aperitif trinken kommen...

Heurtin soll sich in seinem Zimmer sofort auf das Bett geworfen haben, ohne auch nur die Schuhe auszuziehen. Der Wirt hat ihn drauf aufmerksam gemacht, und da hat er sie auf den Boden fallen lassen und ist auf der Stelle eingeschlafen.«

»Ist Janvier dageblieben?« fragte Maigret.

»Er ist jetzt dort. Man kann ihn anrufen, das Citanguette hat Telefon wegen der Schiffer, die sich oft bei ihren Auftraggebern melden müssen...«

Der Kommissar nahm den Hörer von der Gabel. Wenige Augenblicke später hatte er Janvier am Draht.

»Hallo! Was macht unser Mann?«

»Er schläft...«

»Und hast du keine verdächtige Person bemerkt?«

»Nichts! Totenstille... Von der Treppe aus kann man ihn schnarchen hören.«

Maigret legte auf, musterte Dufours zierliche Gestalt von Kopf bis Fuß.

»Du läßt ihn nicht aus den Fingern, ja?« bemerkte er.

Der Inspektor wollte protestieren. Doch der Kommissar legte ihm die Hand auf die Schulter und fuhr fort:

»Hör zu, mein Lieber! Ich weiß, du wirst dein möglichstes tun. Aber ich setze meine Stellung aufs Spiel! Und noch einiges mehr... Andererseits kann ich nicht selber hingehen, weil der Kerl mich kennt...«

»Ich schwör Ihnen, Kommissar...«

»Schwör nicht! Geh!«

Und mit einer schroffen Geste stieß er die Dokumente in die Aktenmappe zurück und ließ diese in eine Schublade fallen.

»Und hab vor allem keine Hemmungen, Leute anzufordern, falls du welche brauchst...«

Joseph Heurtins Foto war auf dem Schreibtisch liegengeblieben. Maigret starrte auf seinen knochigen Schädel mit den abstehenden Ohren und den langgezogenen, farblosen Lippen.

Drei Gerichtsmediziner hatten den Mann untersucht. Zwei hatten erklärt:

Mittelmäßige Intelligenz. Voll zurechnungsfähig.

Der dritte hatte sich im Auftrag der Verteidigung mit der zaghaften Diagnose hervorgewagt:

Vielfach erblich belastet. Vermindert zurechnungsfähig.

Und Maigret, der Joseph Heurtin verhaftet hatte, hatte dem Polizeichef, dem Staatsanwalt und dem Untersuchungsrichter versichert:

»Er ist entweder verrückt oder unschuldig!«

Und das gedenke er zu beweisen, hatte er hinzugefügt.

Er hörte, wie Inspektor Dufour sich federnden Schrittes durch den Korridor entfernte.

2

Der Schläfer

Es war elf Uhr, als Maigret – nach einer kurzen Unterredung mit Richter Coméliau, der sich nicht beruhigen konnte – in Auteuil ankam.

Das Wetter war trüb, das Straßenpflaster schmutzig, der Himmel hing niedrig über den Dächern. Längs des Quais, dem der Kommissar folgte, reihten sich die Häuser reicher Leute, während die Gegend jenseits des Flusses schon nach Vorort aussah: Fabriken, Brachen, Laderampen, die unter Bergen von Baumaterial verschwanden. Und dazwischen lag die Seine, grau wie Blei, aufgewühlt von den flußauf- und -abwärts tuckernden Lastkähnen.

Das ›Citanguette‹ war selbst aus dieser Entfernung unschwer auszumachen, denn das Haus stand mutterseelenallein auf einem Gelände, wo alles mögliche umherlag: Backsteinhaufen, Autowracks, Dachpappe und sogar Eisenbahnschienen.

Ein einstöckiges, in einem häßlichen Rot getünchtes Gebäude, davor eine Terrasse mit drei Tischen und dem üblichen Sonnendach, das die Aufschrift ›Wein – Imbiß‹ trug.

Man konnte ein paar Dockarbeiter erkennen, die offenbar Zement ausluden, denn sie waren weiß von Kopf bis Fuß. Eben verabschiedeten sie sich vor der Tür von einem Mann in blauer Schürze, dem Wirt des Bistros, dann schlenderten sie gemächlich auf einen Lastkahn zu, der am Ufer festgemacht war.

Maigret sah müde aus, seine Augen waren verschleiert, doch das lag nicht an der schlaflosen Nacht, die er hinter sich hatte.

Es kam häufig vor, daß er, sobald ein hartnäckig verfolgtes Ziel mit einem Mal in greifbare Nähe rückte, sich derart gehenließ und schlaff wurde.

Es war wie ein Ekel, gegen den er nicht ankam.

Er erblickte genau gegenüber dem ›Citanguette‹ ein Hotel und ging hinein.

»Ich möchte ein Zimmer mit Blick auf die Seine.«

»Für wie lange?«

Er zuckte die Schultern. Es war der denkbar ungünstigste Moment, ihn zu reizen.

»So lange, wie es mir paßt. Kriminalpolizei...«

»Wir haben nichts frei.«

»Gut. Dann zeigen Sie mir mal Ihr Gästebuch...«

»Das heißt... Einen Augenblick! Ich muß mit dem Etagenkellner telefonieren, ob Nummer achtzehn...«

»Trottel!« stieß Maigret zwischen den Zähnen hervor.

Selbstverständlich bekam er das Zimmer. Es war ein luxuriöses Hotel. Der Etagenkellner fragte:

»Haben Sie Gepäck?«

»Nein, gar nichts. Bring mir bloß ein Fernglas!«

»Aber... Ich weiß nicht, ob –«

»Los! Hol mir ein Fernglas, egal, wo...«

Seufzend legte er seinen Überzieher ab, öffnete das Fenster, stopfte seine Pfeife. Keine fünf Minuten später wurde ihm ein Opernglas mit Perlmuttgriff gebracht.

»Es gehört der Geschäftsführerin. Sie läßt Ihnen sagen, Sie –«

»In Ordnung! … Verschwinde!«

Jetzt kannte er die Fassade des ›Citanguette‹ schon bis in alle Einzelheiten.

Ein Fenster im Obergeschoß stand offen. Man sah ein ungemachtes Bett, darüber ausgebreitet eine riesige rote Daunendecke, buntbestickte Pantoffeln auf einem Teppich aus Schaffell.

Das Schlafzimmer des Wirts!

Das Fenster daneben war geschlossen. Das dritte in der Reihe stand ebenfalls offen, und dahinter kämmte sich eine dicke Frau im Unterrock.

Die Wirtin. Oder das Dienstmädchen.

Unten im Lokal rieb der Wirt seine Tische blank. An dem einen saß Inspektor Dufour vor einem Glas Rotwein. Die beiden Männer sprachen miteinander, das sah man.

Weiter drüben, am Rand der gepflasterten Uferstraße, stand ein blonder junger Mann, der einen Regenmantel und eine graue Mütze trug und der das Ausladen des Zementkahns zu beaufsichtigen schien.

Das war Inspektor Janvier, einer der jüngsten Beamten der Kriminalpolizei.

Neben dem Bett in Maigrets Zimmer stand ein Telefon. Der Kommissar nahm den Hörer ab.

»Hallo? Spreche ich mit der Zentrale?«

»Was wünschen Sie, bitte?«

»Verbinden Sie mich mit dem Bistro, das da drüben am anderen Ufer liegt und ›La Citanguette‹ heißt.«

»Sehr wohl!« antwortete eine gezierte Stimme.

Er mußte lange warten. Vom Fenster aus sah er, wie der Wirt endlich seinen Lappen beiseite legte und auf eine Tür zuging. Dann klingelte es bei ihm im Zimmer.

»Ihre Verbindung, Monsieur!«

»Hallo! ›La Citanguette‹? Bitte rufen Sie den Herrn, der in Ihrem Lokal sitzt, ans Telefon... Ja! ... Ein Irrtum ist ausgeschlossen, er ist der einzige Gast...«

Durch das Fenster sah er den entgeisterten Wirt mit Dufour sprechen, der gleich darauf die Telefonkabine betrat.

»Bist du's?«

»Sie, Chef?«

»Ich bin hier drüben in dem Hotel, das du von deinem Platz aus sehen kannst... Was macht unser Mann?«

»Er schläft.«

»Hast du ihn gesehen?«

»Eben noch hab ich ihn durch die Tür schnarchen gehört. Da hab ich die Tür einen Spaltbreit geöffnet und ihn gesehen... Er liegt auf der Seite, vollständig bekleidet.«

»Bist du sicher, daß der Wirt ihn nicht gewarnt hat?«

»Der hat zuviel Respekt vor der Polizei! Hat vor Jahren schon einmal Ärger gehabt. Sie haben ihm mit dem Entzug seiner Lizenz gedroht. Seither ist er windelweich.«

»Wie viele Ausgänge?«

»Zwei. Der Haupteingang und eine Tür zum Hof... Janvier hat sie von draußen im Auge.«

»Ist niemand nach oben gegangen?«

»Nein. Und niemand kann hinaufgehen, ohne an mir vorbeizukommen, denn die Treppe befindet sich hier im Schankraum hinter der Theke.«

»In Ordnung. Iß dort zu Mittag. Ich ruf später wieder an. Und versuch, wie ein Schiffsagent auszusehen…«

Maigret legte auf, schob einen Sessel an das offene Fenster, begann zu frieren, nahm seinen Mantel vom Türhaken und zog ihn an.

»Fertig?« fragte das Fräulein im Hotelbüro.

»Fertig, ja. Lassen Sie mir Bier heraufschicken. Und Tabak!«

»Wir haben keinen Tabak.«

»Dann besorgen Sie welchen!«

Um drei Uhr nachmittags saß er immer noch am gleichen Platz, das Fernglas auf den Knien, ein leeres Bierglas in Reichweite, und trotz des offenen Fensters roch es im Zimmer penetrant nach Pfeifenrauch.

Er hatte die Morgenzeitungen zu Boden flattern lassen. Sie verkündeten die neueste polizeiliche Nachricht unter dem Titel:

Ein zum Tode verurteilter Häftling bricht aus der Santé aus.

Wieder und wieder reckte Maigret die Schultern, legte die Beine übereinander, streckte sie von neuem aus.

Um halb vier kam ein Anruf aus dem ›Citanguette‹.

»Was Neues?« fragte er.

»Nein. Der Mann schläft immer noch…«

»Also, was ist los?«

»Der Quai des Orfèvres hat sich hier gemeldet, um zu fragen, wo Sie sind. Sie sagen, der Untersuchungsrichter möchte Sie dringend sprechen.«

Diesmal zuckte Maigret nicht die Schultern, sondern

sagte etwas Unmißverständliches, legte auf, verlangte die Telefonistin.

»Das Gerichtsgebäude, Mademoiselle! Es eilt!«

Er wußte so genau, was Coméliau sagen würde!

»Hallo! Sind Sie es, Kommissar? ... Endlich! Niemand konnte mir sagen, wo Sie stecken... Aber am Quai des Orfèvres hat man mich wissen lassen, daß Sie zwei Beamte im Citanguette postiert haben. Ich ließ dort anrufen...«

»Was gibt's?«

»Erstens, hat sich bei Ihnen etwas Neues ergeben?«

»Absolut nichts. *Der Mann schläft*...«

»Sie sind ganz sicher? ... Er ist Ihnen nicht etwa entwischt?«

»Ich kann fast ohne Übertreibung behaupten, daß ich ihn genau in diesem Moment schlafen sehe...«

»Wissen Sie, ich fange an zu bereuen, daß...«

»Daß Sie auf mich gehört haben? Aber der Justizminister hat sich doch höchstpersönlich einverstanden erklärt?«

»Warten Sie! ... Die Morgenzeitungen haben Ihre Mitteilung veröffentlicht...«

»Das hab ich gesehen.«

»Aber haben Sie auch die Mittagszeitungen gelesen? ... Nein? ... Dann beschaffen Sie sich *Le Sifflet* ... Ja, ich weiß, ein Revolverblatt. Trotzdem! ... Bleiben Sie einen Augenblick am Apparat... Hallo! ... Sind Sie noch da? ... Ich lese Ihnen vor... Es ist ein Kommentar des *Sifflet*, betitelt ›Staatsräson‹... Hören Sie mich, Maigret? Also:

Heute morgen stand in den Zeitungen eine halboffizielle Meldung, laut welcher Joseph Heurtin, der vom

Schwurgericht des Seine-Departements zum Tode verurteilt wurde und im Hochsicherheitstrakt der Santé inhaftiert war, unter unerklärlichen Umständen ausgebrochen ist.

Wir sind in der Lage hinzuzufügen, daß diese Umstände nicht ganz so unerklärlich sind.

Denn Joseph Heurtin ist nicht einfach ausgebrochen, man hat ihn vielmehr zum Ausbrechen gezwungen. Und zwar am Vorabend seiner Hinrichtung.

Es ist uns vorläufig noch unmöglich, Einzelheiten über die widerliche Komödie bekanntzugeben, die gestern nacht in der Santé aufgeführt worden ist, aber wir versichern unseren Lesern, daß es die Polizei selber war, die im Einverständnis mit der Justizbehörde bei der simulierten Flucht Regie geführt hat.

Weiß das Joseph Heurtin?

Wie dem auch sei – ein solches in den Annalen der Kriminalistik wohl einmaliges Manöver spottet jeder Beschreibung.«

Maigret hatte bis zum Schluß gelassen zugehört. Die Stimme des Richters wurde etwas unsicher.

»Was sagen Sie jetzt?«

»Das beweist, daß ich recht habe. *Le Sifflet* hat das alles nicht auf eigene Faust herausgefunden. Es war auch keiner der sechs eingeweihten Beamten, der geplaudert hat ... Es ist –«

»Es ist?«

»Das sage ich Ihnen heute abend ... *Es ist alles in Ordnung, Monsieur Coméliau!«*

»Glauben Sie wirklich? Und wenn alle anderen Zeitungen diese Meldung übernehmen?«

»Dann gibt's einen Skandal.«

»Na, sehen Sie!«

»Ist der Kopf eines Mannes nicht einen Skandal wert?«

Fünf Minuten danach ließ Maigret sich mit dem Polizeipräsidium verbinden.

»Wachtmeister Lucas? ... Hören Sie zu! ... Sie laufen jetzt schnell zur Redaktion des *Sifflet* an der Rue Montmartre... Knöpfen Sie sich den Chefredakteur unter vier Augen vor... Schüchtern Sie ihn ruhig ein bißchen ein! Wir müssen wissen, wo er die Information über den Ausbruch aus der Santé herhat. Ich leg meine Hand ins Feuer, daß er heute morgen einen Brief oder eine Rohrpostmitteilung bekommen hat... Beschaffen Sie sich das Original und bringen Sie es mir hierher... Verstanden?«

Die Telefonistin fragte:

»Fertig?«

»Nein, Mademoiselle. Geben Sie mir nochmals das ›Citanguette‹.«

Etwas später wiederholte Inspektor Dufour:

»Er schläft! Eben hab ich wieder eine Viertelstunde lang an seiner Tür gehorcht. Und ich hab gehört, wie er im Traum stöhnte:

›Mutter!‹«

Während er sein Fernglas auf das geschlossene Fenster im ersten Stock des ›Citanguette‹ gerichtet hielt, sah Maigret den Schläfer vor seinem inneren Auge so klar und wirklich, als säße er an seinem Bett.

Dabei hatte er ihn erst im vergangenen Juli kennengelernt, an dem Tag, da er, keine achtundvierzig Stunden nach der Tragödie in Saint-Cloud, seine Hand auf Heurtins Schulter gelegt und halblaut gesagt hatte:

»Mach kein Aufhebens! Komm mit, Junge ...«

Es war an der Rue Monsieur-le-Prince, in einer bescheidenen Pension, wo Joseph Heurtin ein Zimmer im sechsten Stock bewohnte.

Die Inhaberin hatte von ihm gesagt: »Ein ordentlicher Junge, ruhig, arbeitsam. Nur hatte er hin und wieder so einen merkwürdigen Ausdruck im Gesicht ...«

»Bekam er manchmal Besuch?«

»Nein. Und er kam nie nach Mitternacht nach Hause, außer in letzter Zeit ...«

»Was war in letzter Zeit?«

»Zwei- oder dreimal kam er später. Einmal ... am Mittwoch ... hat er mich kurz vor vier Uhr morgens herausklingeln müssen ...«

An jenem fraglichen Mittwoch war das Verbrechen in Saint-Cloud verübt worden. Und die Gerichtsmediziner bestätigten, daß der Tod der beiden Frauen etwa um zwei Uhr morgens eingetreten sein mußte.

Außerdem: Lagen nicht handfeste Beweise für Heurtins Schuld vor? Maigret hatte sie ja selbst zusammengetragen.

Die Villa lag an der Straße nach Saint-Germain, nicht ganz einen Kilometer vom ›Pavillon-Bleu‹ entfernt. Um Mitternacht hatte Heurtin dieses Lokal allein betreten und hintereinander vier Gläser Grog geleert. Beim Zahlen war eine Fahrkarte dritter Klasse aus seiner Tasche gefallen: Paris–Saint-Cloud.

Madame Henderson, Witwe eines amerikanischen Diplomaten, der mit der Hochfinanz auf gutem Fuß gestanden hatte, wohnte allein in der Villa, deren Erdgeschoß seit dem Tod ihres Mannes leer stand.

Sie hatte nur eine Angestellte, Elise Chatrier, eher Gesellschafterin als Zofe, eine Französin, die ihre Kindheit in England verbracht und eine hervorragende Erziehung genossen hatte.

Zweimal in der Woche kam ein Gärtner aus Saint-Cloud und sah in dem Park, der die Villa umgab, nach dem Rechten.

Gäste kamen selten. Dann und wann William Crosby, der Neffe der alten Dame, und seine Frau.

In jener Nacht – es war der 7. Juli – herrschte auf der Landstraße nach Deauville der übliche rege Autoverkehr.

Um ein Uhr morgens schlossen das ›Pavillon-Bleu‹ und die übrigen Restaurants oder Dancings ihre Pforten.

Ein Autofahrer sagte in der Folge aus, er hätte gegen halb drei Licht im ersten Stock der Villa gesehen und Schatten, die sich auf eine seltsame Art bewegten.

Um sechs Uhr früh erschien der Gärtner, wie immer am Mittwoch. Er pflegte das Tor so leise wie möglich aufzuschließen, und gegen acht Uhr rief ihn Elise Chatrier jeweils zum Frühstück ins Haus.

An diesem Morgen aber blieb alles still. Um neun waren die Türen der Villa immer noch geschlossen. Beunruhigt klopfte der Gärtner an die Haustür, und da niemand antwortete, lief er zur nächsten Straßenkreuzung, um den Polizisten, der dort Dienst tat, zu benachrichtigen.

Wenig später wurde die Bluttat entdeckt. Die Leiche der

alten Dame lag ausgestreckt auf dem Teppich in ihrem Schlafzimmer. Ihr Nachthemd war blutdurchtränkt, die Brust von einem Dutzend Messerstichen durchbohrt.

Elise Chatrier hatte dasselbe Schicksal erlitten. Sie lag im angrenzenden Zimmer, wo sie auf Madame Hendersons Wunsch schlief, da die alte Dame fürchtete, es könnte ihr in der Nacht plötzlich schlecht werden.

Ein barbarischer Doppelmord. Ein gemeines Verbrechen, wie es in der Polizeisprache heißt, und zwar ein ungemein scheußliches.

Und überall Spuren: Schuhabdrücke, blutige Fingerabdrücke an den Vorhängen...

Es folgten die üblichen Formalitäten: Lokaltermin, Ankunft der Experten vom polizeilichen Erkennungsdienst, vielfache Analysen, Autopsien...

Maigret wurde mit der polizeilichen Untersuchung betraut, und er brauchte keine zwei Tage, um auf die Spur von Heurtin zu kommen.

Sie war unübersehbar! In den Korridoren der Villa lagen keine Teppiche, das Parkett war frisch gewachst.

Ein paar Aufnahmen genügten, um Schuhabdrücke von auffallender Deutlichkeit auf den Film zu bannen: Es handelte sich um nagelneue Schuhe mit Gummisohlen, die, um auch bei Regen rutschfest zu sein, prägnante Rillen hatten. Und in der Mitte konnte man noch den Namen des Herstellers sowie eine Bestellnummer lesen.

Wenige Stunden später betrat Maigret ein Schuhgeschäft am Boulevard Raspail, wo er erfuhr, daß im Lauf der letzten zwei Wochen ein einziges Paar Schuhe dieser Art und Größe – es war Größe 44 – verkauft worden war.

»Und zwar an einen Laufburschen. Er kam mit seinem Dreirad-Lieferwagen. Wir sehen ihn oft hier im Viertel ...«

Wieder einige Stunden später befragte Maigret den Blumenhändler Gérardier in der Rue de Sèvres und entdeckte die bewußten Schuhe an den Füßen des Laufburschen Joseph Heurtin.

Danach brauchte man nur noch die Fingerabdrücke zu vergleichen. Diese Prozedur fand in den Räumen des Erkennungsdienstes im Gerichtsgebäude statt.

Die Experten beugten sich mit gezückten Instrumenten über die Unterlagen und kamen augenblicklich zum Schluß:

»Er ist es!«

»Warum hast du das getan?«

»Ich hab sie nicht getötet.«

»Wer hat dir Madame Hendersons Adresse gegeben?«

»Ich hab sie nicht getötet!«

»Was hast du um zwei Uhr morgens in ihrer Villa gemacht?«

»Ich weiß nichts.«

»Wie bist du aus Saint-Cloud zurückgekommen?«

»Ich bin nicht aus Saint-Cloud zurückgekommen.«

Er hatte einen dicken bleichen Kopf mit häßlichen Bukkeln. Und seine Lider waren gerötet wie die eines Menschen, der seit Tagen nicht geschlafen hat.

In seinem Zimmer an der Rue Monsieur-le-Prince wurde ein mit Blut verschmiertes Taschentuch gefunden, und die Chemiker bestätigten, daß es Menschenblut war; sie entdeckten sogar Bazillen, die sich auch in Madame Hendersons Blut gefunden hatten.

»Ich hab sie nicht getötet…«

»Wen möchtest du als Anwalt?«

»Ich will keinen Anwalt…«

Man bestellte einen Pflichtverteidiger. Maître Joly war erst dreißig Jahre alt und gab sich große Mühe.

Die Psychiater beobachteten Heurtin während sieben Tagen, worauf sie erklärten:

»Keinerlei Anomalie! Der Mann ist für seine Handlungen verantwortlich, ungeachtet seiner derzeitigen Depression, die einem heftigen Nervenschock zugeschrieben werden muß.«

Die Urlaubszeit hatte begonnen. Ein anderes Ermittlungsverfahren rief Maigret nach Deauville. Für Untersuchungsrichter Coméliau war der Fall klar, und die Anklagekammer bejahte die Schuldfrage.

Und doch: Heurtin hatte nichts gestohlen, er hatte kein offenkundiges Interesse am Tod von Madame Henderson und ihrer Zofe.

Maigret hatte seinen Lebenslauf soweit wie möglich zurückverfolgt. Er kannte ihn jetzt in allen seinen Lebensphasen, körperlich wie seelisch.

Geboren war er in Melun. Zu jenem Zeitpunkt arbeitete sein Vater als Kellner im Hôtel de la Seine, seine Mutter war Wäscherin.

Drei Jahre später übernahmen seine Eltern ein Bistro unweit der Strafanstalt. Aber die Geschäfte gingen schlecht, und so zogen sie nach Nandy im Departement Seine-et-Marne, wo sie ein Wirtshaus eröffneten.

Joseph Heurtin war sechs Jahre alt, als seine Schwester Odette zur Welt kam.

Maigret besaß ein Bild von ihm im Matrosenanzug, vor dem Bärenfell kauernd, auf dem das kugelrunde Baby lag und seine Ärmchen und Beinchen in die Luft streckte.

Mit dreizehn Jahren versorgte Joseph die Pferde und half seinem Vater beim Bedienen der Gäste.

Mit siebzehn war er als Kellner in einem eleganten Gasthaus in Fontainebleau tätig.

Mit einundzwanzig, nach beendetem Militärdienst, kam er nach Paris, nahm ein Zimmer in der Rue Monsieur-le-Prince und wurde Laufbursche bei Monsieur Gérardier.

»Er las viel«, hatte Monsieur Gérardier gesagt.

»Sein einziges Hobby war das Kino«, hatte seine Pensionswirtin gesagt.

Aber zwischen ihm und der Villa in Saint-Cloud gab es keine sichtbare Verbindung.

»Bist du früher schon nach Saint-Cloud gefahren?«

»Nie!«

»Was hast du sonntags gemacht?«

»Gelesen.«

Madame Henderson zählte nicht zu den Kunden des Blumenhändlers. Es gab keinen ersichtlichen Grund, warum ausgerechnet ihre Villa für einen Einbruch hätte in Frage kommen sollen. Überdies war ja nichts entwendet worden!

»Warum redest du nicht?«

»Weil ich nichts zu sagen habe.«

Maigret war einen Monat in Deauville geblieben, wo er nach einer internationalen Betrügerbande fahndete.

Im September hatte er Heurtin in seiner Zelle in der Santé besucht. Er hatte ein Wrack vorgefunden.

»Ich weiß von nichts! Ich hab niemanden ermordet!«

»Du warst aber doch in Saint-Cloud…«

»Sie sollen mich alle in Ruhe lassen…«

»Ein klarer Fall«, hatte die Staatsanwaltschaft erklärt. »Die Verhandlung findet nach den Gerichtsferien statt.«

Am 1. Oktober hatte das Schwurgericht seine neue Sitzungsperiode mit dem Heurtin-Prozeß eröffnet.

Maître Joly hatte seine Verteidigung darauf beschränken müssen, ein Gegengutachten über den Geisteszustand seines Klienten zu verlangen. Und der von ihm beauftragte Psychiater hatte ausgesagt:

»Verminderte Zurechnungsfähigkeit.«

Darauf hatte der Staatsanwalt entgegnet:

»Gemeines Verbrechen! Heurtin hat nur deshalb nichts gestohlen, weil irgendwelche Umstände ihn daran hinderten… Er hat alles in allem *achtzehnmal mit dem Messer zugestochen…*«

Die Fotografien der Opfer waren herumgereicht worden. Die Geschworenen hatten sie angeekelt von sich gestoßen.

»Auf alle Fragen: *Ja!*«

Todesstrafe! Am Tag darauf wurde Joseph Heurtin zusammen mit vier anderen zum Tode Verurteilten in den Hochsicherheitstrakt verlegt.

»Nun«, fragte Maigret, als er ihn dort besuchte, »hast du mir nichts zu sagen?« Er war mit sich nicht zufrieden.

»Nein!«

»Du weißt, daß du hingerichtet wirst?«

Heurtin brach in Tränen aus. Maigret betrachtete das bleiche Gesicht, die geröteten Augen.

»Wer ist dein Komplize?«

»Ich hab keinen...«

Maigret besuchte ihn jeden Tag, obgleich er offiziell nicht einmal mehr das Recht hatte, sich um den Fall zu kümmern.

Und jeden Tag fand er einen zwar abgekämpften, aber irgendwie doch gelassenen Heurtin vor, einen Heurtin, der nicht vor Angst zitterte, in dessen Augen bisweilen sogar Spott lag.

...Bis zu dem Morgen, da er in der Nebenzelle Schritte hörte, dann durchdringende Schreie...

Sie holten Nummer 9, einen Vatermörder, zur Hinrichtung ab.

Am Tag danach schluchzte Heurtin, jetzt Nummer 11, erbärmlich. Aber er sprach nicht. Er klapperte nur mit den Zähnen, während er mit dem Gesicht zur Wand auf seiner Pritsche lag.

Wenn Maigret sich etwas in den Kopf gesetzt hatte, dann gab er nicht so leicht wieder auf.

»Der Mann ist entweder verrückt oder unschuldig...«, erklärte er später dem Untersuchungsrichter.

»Ausgeschlossen! Außerdem ist das Urteil gefällt...«

Maigret, eins achtzig groß, stark und breit wie ein Lastträger der Pariser Markthallen, beharrte auf seiner Meinung.

»Erinnern Sie sich, daß wir nie abklären konnten, wie er von Saint-Cloud nach Paris zurückgekommen ist? Die Bahn hat er nicht benutzt, das ist erwiesen... Die Straßenbahn auch nicht... Er ist auch nicht zu Fuß zurückgekehrt!«

Darauf bekam er nur eine spöttische Antwort zu hören.

»Wollen Sie ein Experiment wagen?«

»Das müssen Sie den Minister fragen.«

Und Maigret hatte sich verbissen, hartnäckig auf den Weg gemacht. Er hatte eigenhändig die Zeilen verfaßt, die dem Verurteilten als Fluchtplan dienen sollten.

»Hören Sie! Entweder er hat Komplizen, und dann wird er denken, die Nachricht komme von ihnen, oder er hat keine, und dann wird er mißtrauisch, wittert eine Falle. Ich verbürge mich für ihn. Ich schwöre, daß er uns auf keinen Fall entkommt...«

Man mußte das breite, ruhige und dennoch steinharte Gesicht des Kommissars gesehen haben!

Es dauerte drei Tage. Er malte das Gespenst des Justizirrtums an die Wand und den Skandal, den es früher oder später geben würde.

»Aber Sie haben ihn doch selbst gefaßt!«

»Weil ich als Polizeibeamter gezwungen bin, aus handfesten Beweisen die logischen Schlüsse zu ziehen...«

»Und als Mensch?«

»...warte ich auf moralische Beweise.«

»Und das heißt?«

»Daß er meiner Meinung nach verrückt oder unschuldig ist.«

»Warum redet er nicht?«

»Das Experiment, das ich vorschlage, wird es uns erklären.«

Telefongespräche, Konferenzen folgten.

»Sie setzen Ihre Karriere aufs Spiel, Kommissar! Bedenken Sie das!«

»Ich habe alles bedacht...«

Der Zettel wurde dem Gefangenen zugesteckt. Er zeigte ihn niemandem, aber in den letzten drei Tagen aß er mit besserem Appetit.

»Also ist er nicht überrascht«, folgerte Maigret. »Also erwartete er etwas in dieser Art. Also hat er Komplizen, die ihm vielleicht die Freiheit versprochen haben...«

»Und wenn er sich dumm stellt und Ihnen entschlüpft, sowie er aus dem Gefängnis heraus ist... Ihre Karriere, Kommissar...«

»Auch sein Kopf steht auf dem Spiel...«

Und jetzt räkelte Maigret sich in einem Ledersessel am Fenster eines Hotelzimmers. Von Zeit zu Zeit richtete er das Fernglas auf das ›Citanguette‹, wo die Hafenarbeiter sich wieder zu einem Gläschen versammelt hatten.

Auf der Uferstraße vertrat Polizeiinspektor Janvier sich gelangweilt die Füße und gab sich dabei alle Mühe, so unbeteiligt wie möglich dreinzublicken.

Dufour hatte – Maigret entging kein Detail – eine Andouillette mit Kartoffelpüree gegessen und trank jetzt einen Calvados.

Das Fenster im Obergeschoß hatte sich noch nicht geöffnet.

»Geben Sie mir das ›Citanguette‹, Mademoiselle!«

»Die Leitung ist besetzt.«

»Das ist mir egal. Unterbrechen Sie!«

Dann:

»Dufour? Bist du's?«

Lakonisch antwortete der Inspektor:

»Er schläft immer noch!«

Jemand klopfte an die Tür. Es war Wachtmeister Lucas, und er hustete, weil der Pfeifenrauch so dicht war.

3

Die zerrissene Zeitung

»Was Neues?« Lucas setzte sich, nachdem er dem Kommissar die Hand gedrückt hatte.

»Was Neues. Aber nicht umwerfend... Der Chefredakteur des *Sifflet* hat sich nach langem Hin und Her doch noch bequemt, mir den Brief in Sachen Santé auszuhändigen. Er bekam ihn heute vormittag um zehn...«

»Laß sehen!«

Der Wachtmeister reichte ihm ein abgegriffenes Blatt, das von Blaustiftkorrekturen wimmelte, denn der Redakteur beim *Sifflet* hatte bloß ein paar Textstellen gestrichen, die restlichen Sätze aneinandergehängt und dann das Original in Satz gegeben.

Das Manuskript trug noch die typografischen Anweisungen sowie die Initialen des verantwortlichen Setzers.

»Da hat jemand den oberen Rand von dem Blatt abgeschnitten«, stellte Maigret fest. »Wahrscheinlich wollte er einen Aufdruck verschwinden lassen.«

»Genau. Das hab ich mir auch gleich gedacht. Und ich hab mir überlegt, daß der Brief wahrscheinlich in einem Café geschrieben wurde. Ich hab mit Moers gesprochen. Er behauptet, er könne das Schreibpapier der meisten Pariser Cafés wiedererkennen.«

»Hat er es erkannt?«

»Es dauerte keine zehn Minuten. Das Papier stammt aus dem ›Coupole‹ am Boulevard Montparnasse. Von dort komme ich gerade ... Leider gehen jeden Tag an die tausend Gäste in dem Lokal ein und aus, und mindestens fünfzig von ihnen verlangen Schreibpapier ...«

»Was hält Moers von der Schrift?«

»Darüber hat er noch nichts gesagt. Ich soll ihm den Brief zurückgeben, und dann wird er ein ordentliches Gutachten erstellen ... Wenn Sie wollen, kann ich in der Zwischenzeit noch mal ins ›Coupole‹ gehen ...«

Maigret ließ das ›Citanguette‹ nicht aus den Augen. Eben hatte die nahe Fabrik ihre Tore geöffnet. Massen von Arbeitern strömten heraus, die meisten auf dem Rad, und verschwanden in der grauen Dämmerung.

Im Schankraum des Bistros brannte eine einzige Lampe, und der Kommissar konnte das Kommen und Gehen der Gäste beobachten. Ein halbes Dutzend Männer standen an der Theke. Einige beobachteten Dufour mit einem gewissen Mißtrauen.

»Was macht er denn dort?« wollte Lucas wissen, als er seinen Kollegen von weitem erblickte. »Ach, und ... das ist ja Janvier, der da drüben steht und ins Wasser stiert!«

Maigret hörte ihm nicht zu. Er konnte den unteren Teil der Wendeltreppe sehen, die hinter der Theke nach oben führte. Und dort kamen jetzt Beine zum Vorschein. Sie verharrten eine Weile auf den Stufen, dann bewegte sich eine Gestalt auf die Gruppe an der Theke zu, und Joseph Heurtins bleiches Gesicht rückte in das grelle Lampenlicht. In diesem Augenblick sah der Kommissar die Abendzeitung, die eben auf einen Tisch gelegt wurde.

»He, Lucas ... Wissen Sie zufällig, ob die *Sifflet*-Meldung bereits in anderen Zeitungen steht?«

»Gelesen hab ich nichts. Aber die bringen sie todsicher, wenn auch nur, um uns zu ärgern ...«

Maigret griff nach dem Hörer.

»›La Citanguette‹, Mademoiselle! Schnell!«

Zum ersten Mal seit diesem Morgen fieberte Maigret. Der Wirt auf der anderen Seite der Seine sagte etwas zu Heurtin, fragte vermutlich, was er trinken wolle.

Würde der entflohene Sträfling nicht als erstes die Zeitung überfliegen, die vor ihm lag?

»Hallo! ... Hallo, ja ...«

Dufour war aufgestanden, in die Kabine getreten.

»Paß auf, mein Junge! Auf dem Tisch liegt eine Zeitung. Er darf sie nicht lesen ... *Auf gar keinen Fall ...*«

»Was soll ich?«

»Rasch! Er hat sich soeben hingesetzt. Das Blatt liegt vor seinen Augen ...«

Maigret stand, aufs äußerste gespannt, am Fenster. Wenn Heurtin den Artikel las, dann war es mit dem ganzen mühsam vorbereiteten Experiment aus und vorbei.

Er beobachtete, wie der Verurteilte sich auf der Sitzbank an der Wand vorbeugte, die Ellbogen aufstützte, den Kopf in die Hände legte.

Der Wirt stellte ein Glas Schnaps vor ihn hin.

Gleich würde Dufour in den Schankraum zurückkehren, die Zeitung vom Tisch nehmen ...

Lucas kannte zwar die Einzelheiten des Falls nicht, doch er hatte erraten, was da drüben vor sich ging, und beugte sich ebenfalls aus dem Fenster. Sekundenlang verdeckte ein

Lastkahn, der mit seinen weiß-grün-roten Lichtern vorbeifuhr und durchdringend zu pfeifen anhob, die Sicht.

»Es ist soweit!« knurrte Maigret im Moment, da Inspektor Dufour in den Schankraum zurückkehrte.

Achtlos hatte Heurtin die Zeitung aufgeschlagen. Stand die Information über ihn auf der Titelseite? Würde er sie auf den ersten Blick entdecken?

Und Dufour genügend Geistesgegenwart besitzen, um die Gefahr abzuwenden?

Ah, wie typisch für Dufour, daß er sich bemüßigt fühlte, erst einen Blick über die Seine hinweg auf das Fenster zu werfen, wo sein Chef stand, ehe er handelte!

Klein und adrett, wie er war, schien er so gar nicht der Mann zu sein, der die Situation zu meistern vermochte in diesem von muskulösen Dockern und Fabrikarbeitern überfüllten Bistro.

Und doch: Er trat auf Heurtin zu, streckte die Hand aus, sagte vermutlich:

»Pardon, Monsieur, die gehört mir…«

An der Theke drehten sich einige Köpfe um. Der Exgefangene maß sein Gegenüber verwundert.

Dufour ließ nicht locker, versuchte die Zeitung an sich zu reißen, beugte sich über den Tisch. Lucas an Maigrets Seite hüstelte.

Und kurz darauf ging alles drunter und drüber. Heurtin war aufgestanden, langsam, als wisse er noch nicht, was er tun solle.

Seine linke Hand hielt ein Stück Zeitung umklammert, die aber auch der Inspektor nicht loslassen wollte.

Mit der Rechten hob er plötzlich eine Wasserflasche vom

Nebentisch und ließ den schweren Glaskörper auf Dufours Schädel sausen.

Janvier stand keine fünfzig Meter weiter am Fluß, doch er hörte nichts.

Dufour war zurückgetorkelt, prallte gegen die Theke. Ein paar Gläser zersplitterten.

Drei Männer warfen sich auf Heurtin. Zwei andere hielten den Inspektor an den Armen fest.

Anscheinend waren jetzt doch Geräusche zu vernehmen, denn Janvier hörte endlich auf, die Reflexe im Wasser zu bewundern, drehte das Gesicht dem ›Citanguette‹ zu, tat ein paar Schritte, begann zu laufen.

»Schnell! Nimm einen Wagen... Fahr hinüber...!« befahl Maigret dem Wachtmeister.

Lucas gehorchte ohne Begeisterung. Er wußte, daß er zu spät kommen würde.

Nicht einmal Janvier, der doch in der Nähe gestanden hatte...

Der Verurteilte wehrte sich, rief etwas. Beschuldigte er Dufour, ein Polizeispitzel zu sein?

Jedenfalls konnte er sich für ein paar Sekunden aus dem Griff der Männer befreien, lange genug, um die Wasserflasche, die er immer noch in der Hand hielt, gegen die Lampe zu schleudern.

Beide Hände an die Brüstung geklammert, stand der Kommissar reglos am Fenster. Unter ihm auf dem Quai fuhr ein Taxi an. Im ›Citanguette‹ flammte ein Streichholz auf, erlosch jedoch gleich wieder. Trotz der Entfernung war Maigret ziemlich sicher, daß dort drüben ein Schuß gefallen war.

Endlose Minuten verstrichen. Das Taxi hatte die Brücke überquert und holperte jetzt den ausgefahrenen Uferweg jenseits des Flusses entlang.

Der Wagen fuhr so langsam, daß Wachtmeister Lucas zweihundert Meter vor dem ›Citanguette‹ hinaussprang und auf das Bistro zurannte. Hatte auch er den Schuß gehört?

Ein schriller Pfiff. Lucas oder Janvier riefen Hilfe herbei...

Und drüben hinter den schmierigen Fensterscheiben, auf denen in Emailbuchstaben – ein M und ein R fehlten – die Aufschrift ›Mitbringen eigener Mahlzeiten gestattet‹ prangte, flackerte eine Kerze auf und beleuchtete Gestalten, die sich über einen menschlichen Körper beugten.

Aber das Bild blieb undeutlich. Auf diese Distanz und in dieser spärlichen Beleuchtung war es unmöglich, die einzelnen Gestalten zu erkennen.

Ohne sich vom Fenster fortzubewegen, telefonierte Maigret mit gedämpfter Stimme.

»Hallo? Kommissariat Grenelle? ... Schickt Leute her, sofort, und Wagen. Umstellt das ›Citanguette‹ ... Und falls ein großer Bursche mit dickem Kopf und bleichem Gesicht zu fliehen versucht, nehmt ihn fest... Ruft einen Arzt...«

Lucas war mittlerweile am Schauplatz eingetroffen. Sein Taxi parkte vor einem der großen Fenster und versperrte dem Kommissar zum Teil die Sicht.

Der Wirt stand auf einem Stuhl, schraubte eine neue Glühbirne ein, und der Schankraum lag wieder in grellem Licht.

Das Telefon schrillte.

»Hallo? ... Kommissar Maigret? ... Hier Richter Coméliau… Ich bin zu Hause, ja… Ich erwarte Gäste zum Abendessen… Aber ich wollte sicher sein, daß…«

Maigret schwieg.

»Hallo! Bitte nicht unterbrechen… Sind Sie noch da?«

»Ja.«

»Und? … Ich verstehe Sie kaum … Haben Sie die Abendzeitungen gesehen? Sie sind alle voll von den Enthüllungen des *Sifflet*. Ich glaube, es wäre gut, wenn…«

Janvier kam aus dem ›Citanguette‹ gelaufen, bog nach rechts ab, in das Dunkel des unbebauten Geländes.

»Und sonst? Alles in Ordnung?«

»Alles in Ordnung!« brüllte Maigret und legte auf.

Er war in Schweiß gebadet. Seine Pfeife war auf den Teppich gefallen, und der glimmende Tabak begann das Gewebe anzusengen. »Hallo! La Citanguette, Mademoiselle…«

»Aber ich habe Sie doch gerade verbunden.«

»Ich sagte ›La Citanguette‹, verstanden?«

Aus einer Bewegung im Bistro zu schließen, mußte dort das Telefon klingeln. Der Wirt eilte zur Kabine. Lucas kam ihm zuvor.

»Hallo, ja! … Kommissar?«

»Ich bin's«, antwortete Maigret mit matter Stimme. »Abgehauen, wie?«

»Klar!«

»Und Dufour?«

»Dem geht's nicht so schlecht, glaub ich… Ein Kopfschwartenriß … Er hat nicht mal das Bewußtsein verloren.«

»Die Leute aus Grenelle sind unterwegs…«

»Das wird uns nichts nützen… Sie kennen die Gegend,

Kommissar... Mit all diesen Baustellen, Abfallhaufen und Fabrikhöfen und dazu den Gassen in Issy-les-Moulineaux...«

»Hat jemand geschossen?«

»Ein Schuß ist gefallen, aber wer ihn abgegeben hat, hab ich noch nicht herausbekommen. Die sind hier alle ziemlich durcheinander und lammfromm. Sie haben anscheinend gar nicht begriffen, was passiert ist.«

Ein Auto bog in die Uferstraße ein. Zwei Polizisten sprangen hinaus und nach weiteren hundert Metern nochmals zwei.

Vier Polizisten ließen sich vor dem Bistro absetzen, und einer lief, wie immer in solchen Fällen, ums Haus, um den hinteren Ausgang zu bewachen.

»Was soll ich jetzt machen?« fragte Lucas nach einer Pause.

»Nichts... Organisiere die Verfolgung, nur für den Fall... Ich komme.«

»Habt ihr schon einen Arzt gerufen?«

»Ja, Chef...«

Die Telefonistin saß allein im Hotelbüro und erschrak, als ein großer Schatten vor ihr auftauchte.

Maigret wirkte so steif, so unnahbar, so verschlossen, daß er nicht wie ein Mensch aus Fleisch und Blut aussah.

»Wieviel?«

»Sie reisen ab?«

»Wieviel?«

»Ich muß den Geschäftsführer fragen... Wie viele Gespräche haben Sie geführt?... Einen Augenblick...«

Sie wollte aufstehen, doch Maigret packte sie beim Arm, drückte sie auf den Stuhl zurück, legte einen Hundert-Franc-Schein auf den Schreibtisch.

»Genügt das?«

»Ich glaube schon, ja... aber...«

Er atmete tief aus, verließ das Hotel, schlenderte den Bürgersteig entlang, überquerte die Brücke, ohne auch nur einmal den Schritt zu beschleunigen.

Irgendwann tastete er seine Taschen nach der Pfeife ab, fand sie nicht und schien dies als ein böses Omen zu betrachten, denn ein bitteres Lächeln trat auf seine Lippen.

Ein paar Schiffer standen vor dem ›Citanguette‹, zeigten sich aber nur mäßig interessiert. Vor einer Woche hatten sich an der gleichen Stelle zwei Araber gegenseitig umgebracht. Vor einem Monat hatte jemand mit einem Bootshaken einen Sack aus dem Wasser gefischt und die Beine und den Rumpf einer Frau herausgeholt.

Man konnte eben noch die vornehmen Häuser von Auteuil erkennen, die sich jenseits der Seine vor dem Horizont abzeichneten. Das Rattern der Metro erschütterte eine nahe Brücke.

Es nieselte. Uniformierte Beamte stapften umher und ließen bleiche Lichtkegel aus ihren Taschenlampen durch die Dunkelheit wandern.

Der einzige Mensch im Schankraum, der stand, war Lucas. Die Männer, die dem Handgemenge zugesehen oder selbst daran teilgenommen hatten, saßen in einer Reihe an der Wand. Und der Wachtmeister ging von einem zum andern und prüfte ihre Ausweise, ungeachtet der gehässigen Blicke, die seine Bewegungen verfolgten.

Dufour war schon in das Polizeiauto gebettet worden. Der Wagen fuhr so sachte wie möglich an.

Maigret sagte nichts. Die Hände in den Manteltaschen vergraben, schaute er sich um, langsam, mit einem Blick, dem etwas unendlich Schweres anhaftete.

Der Wirt wollte erklären.

»Ich schwöre Ihnen, Kommissar, als ich –«

Maigret winkte ab, trat auf einen Araber zu, musterte ihn von Kopf bis Fuß. Das Gesicht des Mannes war aschfahl geworden.

»Arbeitest du wieder?«

»Bei Citroën, ja. Ich –«

»Du hast doch noch Aufenthaltsverbot!«

Und Maigret gab einem der Beamten ein Zeichen.

›Mitnehmen!‹ lautete der stumme Befehl.

»Kommissar!« schrie der Araber, als er zum Ausgang bugsiert wurde. »Ich kann Ihnen alles erklären... Ich habe nichts getan...«

Maigret beachtete ihn nicht mehr. Ein Pole hatte keine einwandfreien Papiere bei sich.

»Mitnehmen!«

Das war alles. Am Boden fanden sie Dufours Revolver mit einer leeren Patronenhülse. Die Scherben der Wasserflasche und der Glühbirne lagen überall verstreut. Die Zeitung war zerrissen und an zwei Stellen mit Blut verschmiert.

»Was machen wir mit denen hier?« fragte Lucas, nachdem er alle Ausweise kontrolliert hatte.

»Laß sie laufen...«

Janvier kehrte erst eine Viertelstunde später zurück und

fand Maigret, zusammengesunken in einer Ecke des Schankraums sitzend, in Gesellschaft von Lucas vor. Er selbst war völlig verdreckt. Auf seinem Regenmantel machten sich dunkle Flecken breit.

Er brauchte nichts zu sagen. Er setzte sich zu den beiden Männern.

Und Maigret, in Gedanken offenbar ganz woanders, ließ den Blick zur Theke wandern, wo der Wirt mit unterwürfiger und bekümmerter Miene stand, und warf nur das eine Wort hin:

»Rum!«

Wieder tastete seine Hand nach der Pfeife in seinen Taschen.

»Gib mir eine Zigarre!« sagte er seufzend zu Janvier.

Der junge Inspektor hätte jetzt gern etwas sagen wollen, doch es fiel ihm nichts ein. Der Anblick seines Chefs, der mit gebeugten Schultern dasaß, war so erschütternd, daß er leer schluckte und den Kopf abwenden mußte.

In seiner Wohnung am Champ-de-Mars waltete Richter Coméliau als Gastgeber bei einem Diner mit zwanzig Gedecken seines Amtes. Ein Tanzabend im häuslichen Rahmen sollte folgen.

Was Inspektor Dufour betraf, so lag er auf dem Operationstisch eines Arztes in Grenelle und wartete, während jener in seinen weißen Kittel schlüpfte und gleichzeitig das Sterilisieren seiner Instrumente überwachte.

»Glauben Sie, daß man die Narben sehen wird?« fragte der Inspektor.

So, wie er da auf dem Rücken lag, konnte er nur die Zimmerdecke sehen.

»Mein Schädel ist doch nicht etwa gespalten, oder?«

»Du meine Güte, nein! Ein paar Stiche für die Naht...«

Mit den blitzenden Klammern in der Hand bedeutete der Arzt seiner Assistentin, den Patienten festzuhalten. Dufour unterdrückte einen Schmerzensschrei.

4

Generalstabsarbeit

Maigret zuckte nicht mit der Wimper, äußerte auch nicht das geringste Zeichen von Unmut oder Ungeduld.

Mit ernstem, von Müdigkeit gezeichnetem Gesicht hörte er bis zum Ende zu, ganz Ehrerbietung und Bescheidenheit. Nur in gewissen Augenblicken, wenn Monsieur Coméliau in seinen härtesten, heftigsten Ton verfiel, konnte sein Adamsapfel plötzlich kurz erzittern.

Schlank, nervös, erregt schritt der Untersuchungsrichter in seinem Amtsraum auf und ab und redete so laut, daß die im Flur wartenden Arrestanten zumindest bruchstückweise mithören konnten.

Dann und wann nahm er irgendeinen Gegenstand in die Hand, spielte eine Weile damit und stellte ihn brüsk an seinen Platz auf dem Schreibtisch zurück.

Der Gerichtsschreiber blickte verlegen an Maigret vorbei. Und Maigret stand, reglos wartend, den Richter um eine ganze Kopflänge überragend, im Zimmer.

Nachdem er seine Rede mit einem letzten beißenden Vorwurf beendet hatte, schaute Coméliau seinem Gegenüber voll ins Gesicht. Und blickte wieder weg. Denn Maigret war immerhin ein Mann von fünfundvierzig Jahren und hatte sich fast ein halbes Leben lang mit den verschiedenartigsten und heikelsten Kriminalfällen abgegeben.

Vor allem aber war er ein Mann!

»So reden Sie doch endlich!«

»Ich habe meinen Vorgesetzten heute vormittag mitgeteilt, daß ich meinen Abschied nehme, sofern es mir nicht in den nächsten zehn Tagen gelingt, den Täter zu fassen.«

»Mit anderen Worten, Sie wollen Joseph Heurtin wiederfinden?«

»Den Täter«, wiederholte Maigret schlicht.

Wie von der Tarantel gestochen, fuhr der Richter hoch.

»Sie glauben also noch immer...«

Maigret sagte nichts. Coméliau ließ seine Fingergelenke knacken, während er hastig weitersprach.

»Also gut! Wir wollen es dabei bewenden lassen, ja? Sie machen mich sonst noch vollends fertig... Falls sich etwas Neues ergibt, rufen Sie mich an!«

Der Kommissar grüßte und ging. Er schritt durch die vertrauten Korridore, trat aber nicht auf die Straße, sondern stieg hinauf ins Dachgeschoß und öffnete die Tür zu den Laborräumen des Ermittlungsdienstes.

Einer der Männer im Labor blickte auf, als er ihn plötzlich vor sich sah, stutzte, streckte ihm die Hand entgegen.

»Ist etwas nicht in Ordnung?« fragte er.

»Danke, alles geht prima...«

Er sah an dem Mann vorbei. Er behielt den dicken schwarzen Überzieher an, ließ die Hände in den Taschen vergraben. Er glich einem Menschen, der von einer langen Reise zurückkehrt und die vertrauten Orte mit neuen Augen betrachtet.

So betrachtete er jetzt auch die Fotografien einer Wohnung, in die am Tag zuvor eingebrochen worden war, und las die Angaben auf Karteikarten, die einer seiner Kollegen angefordert hatte.

Ein kahlköpfiger, langer, magerer Jüngling mit dicken Brillengläsern vor den kurzsichtigen Augen beobachtete ihn überrascht und erschrocken aus seiner Ecke.

Auf seinem Arbeitstisch lagen Lupen aller Art, Schabmesser, Pinzetten, Tintenfässer, Reagentien sowie eine Glasplatte, die von einer starken Glühbirne beleuchtet war.

Das war Moers, der Spezialist für Papier-, Tinten- und Handschriftenanalysen.

Ihm war klar, daß der Kommissar nur seinetwegen gekommen war, auch wenn er ihn jetzt nicht einmal ansah, sondern scheinbar ziellos im Labor umherging.

Dann, endlich, zog Maigret die Pfeife aus der Tasche, zündete sie an und rief mit gespielter Munterkeit:

»So! ... Und jetzt an die Arbeit!«

Da Moers wußte, wo der Kommissar gerade herkam, begann er zu begreifen, tat jedoch, als hätte er nichts bemerkt.

Maigret zog den Mantel aus, gähnte, ließ seine Gesichtsmuskeln spielen, als käme er endlich wieder zu sich. Er packte einen Stuhl bei der Lehne, rückte ihn neben den jungen Mann, setzte sich rittlings darauf und fragte in liebevollem Ton:

»Nun, mein kleiner Moers?«

Es war vorüber. Er hatte endlich die Bürde abgeworfen, die auf seinen Schultern lastete.

»Schieß los!«

»Ich habe die ganze Nacht über dem Brief gesessen. Ein

Jammer, daß er durch so viele Hände gegangen ist. Jetzt hat es natürlich keinen Sinn mehr, nach Fingerabdrücken zu suchen...«

»Damit hatte ich auch nicht gerechnet.«

»Heute früh war ich auf einen Sprung im ›Coupole‹ und hab dort alle Tintenfässer untersucht... Kennen Sie das Lokal? ... Es besteht aus mehreren Räumen. Da ist erstens die große Brasserie, deren eine Hälfte zur Essenszeit als Speiserestaurant benutzt wird. Dann das Eßlokal im ersten Stock. Dann die Terrasse vor dem Haus. Und schließlich die kleine Bar links, wo sich die Stammkundschaft trifft.«

»Kenn ich.«

»Die Tinte, die für den Brief verwendet wurde, stammt aus der Bar. Der Text wurde mit der linken Hand geschrieben, aber nicht von einem Linkshänder, sondern von einer Person, die weiß, daß die Handschriften von Linkshändern einander häufig sehr ähnlich sehen.«

Der an den *Sifflet* gerichtete Brief lag immer noch vor Moers auf der Glasplatte.

»Eines ist sicher: Der Absender ist ein Intellektueller, und ich möchte schwören, daß er mehrere Sprachen beherrscht, sowohl schriftlich als auch mündlich. Wenn ich es jetzt mit der Graphologie versuchte... Damit verlassen wir allerdings das Gebiet der exakten Wissenschaften...«

»Nur zu!«

»Nun ja, wenn mich nicht alles täuscht, haben wir es hier mit einem ungewöhnlichen Menschen zu tun... Erstens liegt seine Intelligenz weit über dem Durchschnitt. Am auffälligsten schien mir jedoch die merkwürdige Mischung aus Willensstärke und Willensschwäche, Kälte und Gefühlsbetontheit. Es ist die Schrift eines Mannes. Dennoch finden sich darin ausgesprochen weibliche Züge...«

Moers war bei seinem Lieblingsthema angelangt. Er glühte vor Eifer. Wider Willen mußte Maigret lächeln, und das verwirrte den jungen Mann.

»Ich weiß, das ist alles nicht sehr klar, und ein Untersuchungsrichter würde mich nicht einmal ausreden lassen... Und doch... Sehen Sie, Kommissar, ich würde wetten, daß der Mann, der diesen Brief geschrieben hat, an einer schweren Krankheit leidet und daß er das weiß... Hätte er die rechte Hand benutzt, so könnte ich Ihnen mehr darüber sagen... Ach ja, etwas hab ich vergessen! Auf dem Papier befinden sich Flecken. Möglich, daß die aus der Druckerei stammen... Aber einer davon ist ein Kaffeefleck, und zwar ist es Café crème. Und zum Abschneiden des oberen Blattrandes hat man kein Messer, sondern einen stumpfen Gegenstand benutzt, vielleicht einen Löffel...«

»Mit anderen Worten: Der Brief wurde gestern morgen in der Bar vom ›Coupole‹ von einem Gast geschrieben, der Café crème trank und der mehrere Sprachen beherrscht...«

Maigret stand auf, streckte die Hand aus.

»Danke, Kleiner. Kann ich den Brief wiederhaben?«

Mit einem undeutlichen Brummen verabschiedete er sich von den anderen und ging hinaus. Als die Tür ins Schloß fiel, bemerkte einer mit einer gewissen Bewunderung:

»Ich muß schon sagen! Der hat ja ein Pech...«

Moers, der aus seiner Verehrung für Maigret kein Hehl machte, bedachte den Mann mit einem so strengen Blick, daß dieser verstummte und sich wieder in die Analyse vertiefte, mit der er gerade beschäftigt war.

Paris bot das trübe Bild einer Stadt an naßkalten Oktobertagen: Vom Himmel, der einer schmutzigen Decke glich, fiel hartes Licht. Auf den Straßen schimmerten noch die Spuren der nächtlichen Regenschauer.

Und die Passanten selbst trugen die verdrossenen Mienen von Leuten zur Schau, die sich noch nicht an die Kälte gewöhnt haben.

Im Präsidium hatten sie die ganze Nacht hindurch Dienstbefehle getippt, die durch Boten den verschiedenen Polizeirevieren zugestellt und telegrafisch an sämtliche Gendarmerien, Zollämter und Bahnhöfe übermittelt worden waren.

Infolgedessen hatten alle Beamten, die mit der Bevölkerung direkt in Berührung kamen – die uniformierten Schutzmänner ebenso wie die Leute von der Straßenpolizei, der Fremdenpolizei, der Sittenpolizei –, die gleiche Personenbeschreibung im Kopf, und alle hofften, denselben Mann zu finden, während sie die Vorübergehenden musterten.

So war es in ganz Paris und auch in den Vororten. Auf den Landstraßen hielten die Gendarmen jeden Vagabunden an und ließen sich seine Papiere zeigen.

In den Zügen, an den Grenzen, wunderten sich die Reisenden, weil sie eingehender als sonst befragt wurden.

Gesucht wurde Joseph Heurtin, vom Schwurgericht Seine zum Tode verurteilt, aus der Santé entflohen und nach einem Handgemenge mit Inspektor Dufour im Schankraum des ›Citanguette‹ spurlos verschwunden.

»Im Augenblick seiner Flucht hatte er noch zirka zweiundzwanzig Franc in der Tasche«, hieß es in der Dienstmeldung, die Maigret persönlich verfaßt hatte.

Und jetzt verließ Maigret ganz allein das Gerichtsgebäude. Er ging nicht einmal mehr in sein Büro am Quai des Orfèvres, sondern fuhr mit dem nächsten Autobus bis zur Bastille, klingelte im dritten Stock eines Hauses an der Rue du Chemin-Vert.

Es roch nach Jod und Suppenhuhn. Eine Frau, die noch keine Zeit gefunden hatte, sich zurechtzumachen, sagte:

»Ach! Da wird er sich aber freuen...«

Inspektor Dufour lag mit trauriger und besorgter Miene in seinem Zimmer.

»Wie geht's, alter Junge?«

»Es geht... Man hat mir gesagt, daß das Haar auf der Narbe nicht mehr nachwächst. Ich werde eine Perücke tragen müssen...«

Wie eben noch im Labor wanderte Maigret auch jetzt umher wie jemand, der nicht weiß, wo er sich niederlassen soll. Nach einer Weile knurrte er:

»Du nimmst es mir übel, wie?«

Dufours hübsche junge Frau stand im Türrahmen.

»Der – und Ihnen was übelnehmen! Seit heute früh redet er nur davon, wie Sie sich wohl aus der Affäre ziehen werden... Er wollte unbedingt, daß ich zur Post laufe und Sie anrufe...«

»Tja! Dann also bis bald«, sagte der Kommissar. »Irgendwie muß es ja weitergehen...«

Er kehrte nicht nach Hause zurück, obgleich er nur fünfhundert Meter weiter weg, am Boulevard Richard-Lenoir, wohnte. Er bewegte sich ziellos, weil er das Bedürfnis hatte, sich zu bewegen, in der Menge unterzutauchen, die achtlos an ihm vorbeiströmte.

Und je länger er so durch Paris wanderte, um so mehr verflüchtigte sich dieser unsichere Ausdruck eines ertappten Schuljungen, der ihm den ganzen Morgen im Gesicht gestanden hatte. Seine Züge wurden straffer. Er rauchte eine Pfeife nach der anderen wie in seinen besten Tagen.

Monsieur Coméliau wäre höchst überrascht, ja entrüstet gewesen, wenn er geahnt hätte, daß die Fahndung nach Joseph Heurtin die kleinste Sorge war, die den Kommissar in diesem Augenblick beschäftigte.

Für den Kommissar war es nebensächlich zu wissen, wann und wo sie Heurtin finden würden. Er war irgendwo, einer unter mehreren Millionen Menschen. Aber Maigret war überzeugt, daß er ihn an dem Tag, da er ihn brauchte, ohne große Mühe zu fassen bekam.

Nein! Er dachte an den im ›Coupole‹ geschriebenen Brief. Und auch, und vielleicht noch mehr, an eine Frage, die er bei seinen ersten Ermittlungen übersehen hatte. Ein unverzeihlicher Fehler! Doch damals im Juli war ja jedermann von Heurtins Schuld überzeugt gewesen! Der Untersuchungsrichter hatte sich sofort des Falls bemächtigt und so die Polizei ausgeschaltet.

»Das Verbrechen wurde in Saint-Cloud ungefähr um halb drei verübt… Noch vor vier Uhr morgens war Heurtin wieder in der Rue Monsieur-le-Prince… Er hat weder den Zug noch die Straßenbahn, noch ein anderes öffentliches Verkehrsmittel benutzt… Er hat auch kein Taxi genommen… Seinen Dreiradwagen hatte er bei seinem Arbeitgeber in der Rue de Sèvres stehenlassen…«

Und er konnte unmöglich zu Fuß zurückgekehrt sein! Außer wenn er ununterbrochen gerannt wäre.

Am Montparnasse herrschte Hochbetrieb. Es war halb ein Uhr mittags. Die Terrassen der vier großen Cafés nahe des Boulevard Raspail waren trotz der herbstlichen Kühle überfüllt. Rund achtzig Prozent der Gäste schienen Ausländer zu sein.

Maigret steuerte auf das ›Coupole‹ zu, sah den Eingang zur Bar und trat ein.

Es gab nur fünf Tische, und alle waren besetzt. Die meisten Gäste saßen auf den hohen Barhockern oder standen um die Theke herum.

Der Kommissar hörte, wie jemand bestellte:

»Einen Manhattan.«

»Für mich auch«, sagte er.

Zu seiner Zeit hatte man noch Bockbier in einfachen Kneipen getrunken. Der Barmixer schob ihm eine Schale Oliven hin. Er rührte sie nicht an.

»Sie gestatten...«, hörte er eine junge Schwedin sagen, deren Haar eher gelb als blond war.

Das Lokal war zum Bersten voll. Weiter hinten im Raum ging eine in die Wand eingelassene Durchreiche pausenlos auf und zu, weil dort von der Küche Oliven, Chips, belegte Brötchen und warme Getränke geschoben wurden.

Gläser und Teller klapperten, die vier Kellner schrien einer lauter als der andere, während die Gäste sich durch Zurufe in verschiedenen Sprachen verständigten.

Und doch herrschte bei alledem der Eindruck vor, daß Gäste, Barmixer, Kellner und Dekor ein harmonisches Ganzes bildeten.

Die Leute gingen ungezwungen miteinander um, und jeder – ob es nun eine junge Dame oder ein Fabrikant, der mit ein paar gutgelaunten Freunden in seiner Limousine vorfuhr, oder ein estländischer Kunstjünger war –, jeder nannte den Chefbarmann einfach Bob.

Jeder sprach mit jedem, ohne sich vorzustellen, wie unter alten Bekannten. Ein Deutscher unterhielt sich auf englisch mit einem Yankee, ein Norweger versuchte sich in einem Gemisch aus mindestens drei Sprachen einem Spanier verständlich zu machen.

Maigret sah zwei Frauen, die jeder kannte, jeder begrüßte, und in der einen erkannte er, obgleich sie dicker und älter geworden war und sich jetzt in Pelze hüllte, das junge Ding wieder, das er einst nach einer Razzia an der Rue de la Roquette ins Frauengefängnis Saint-Lazare verfrachten mußte.

Sie hatte eine brüchige Stimme und erloschene Augen, und alle schüttelten ihr im Vorbeigehen die Hand. Sie thronte an ihrem Tisch wie die Verkörperung des ganzen wirren Durcheinanders.

»Haben Sie etwas zum Schreiben hier?« erkundigte sich Maigret bei einem der Barmixer.

»Nicht während der Aperitif-Zeit... Da müssen Sie in die Brasserie gehen...«

Neben den lärmenden Gruppen konnte man auch ein paar Einzelgänger erkennen. Und das verlieh dem Lokal vielleicht seine besondere Stimmung.

Auf der einen Seite Leute, die laut redeten, gestikulierten, eine Runde nach der anderen spendierten und ebenso luxuriöse wie ausgefallene Kleider trugen.

Auf der anderen Seite diese Sonderlinge, Menschen aus aller Welt, die scheinbar nur nach Paris gekommen waren, um ihr Teil zu dieser schillernden Gesellschaft beizusteuern.

Da saß zum Beispiel eine junge Frau, die bestimmt noch keine zweiundzwanzig Jahre zählte, in einem kleinen, gut geschnittenen und perfekt sitzenden schwarzen Kostüm, dem man dennoch ansah, daß es schon hundertmal frisch aufgebügelt worden war.

Ein merkwürdig müdes, angespanntes Gesicht. Sie hatte ein Skizzenbuch neben sich liegen. Und mitten unter Leuten, die Aperitifs zu zehn Franc schlürften, trank sie ein Glas Milch und aß ein Hörnchen.

Und das um ein Uhr mittags! Es mußte ihre einzige Mahlzeit sein. Sie nutzte die Gelegenheit, um eine russische Zeitung zu lesen, die für die Gäste des Hauses bereitlag.

Sie hörte nichts, sie sah nichts. Gemächlich knabberte sie an ihrem Hörnchen, trank bisweilen einen Schluck Milch, ohne die Gesellschaft zu beachten, die am gleichen Tisch saß und bei ihrem vierten Cocktail angelangt war.

Nicht weniger auffallend war ein Mann, dessen Haarschopf allein schon alle Blicke auf sich ziehen mußte. Sein Haar war rot, kraus und ungewöhnlich lang.

Er trug einen dunkel glänzenden, abgewetzten Anzug und ein blaues Hemd ohne Krawatte, dessen Kragen weit offen stand.

Er saß im hintersten Winkel der Bar, wie ein alter Stammgast, den niemand zu stören wagte, und löffelte ein Joghurt.

Hatte auch er nur fünf Franc in der Tasche? Woher kam er? Wohin ging er? Und wie verschaffte er sich die paar

Sous für dieses Joghurt, das vermutlich seine einzige Mahlzeit am Tag war?

Er hatte feurige Augen, wie die Russin, und faltige Lider, aber einen ungemein verächtlichen, hochmütigen Ausdruck im Gesicht. Niemand trat zu ihm an den Tisch, niemand reichte ihm die Hand, niemand richtete das Wort an ihn.

Die Drehtür bewegte sich. Ein Paar kam herein, und im Spiegel erkannte Maigret den jungen Crosby und seine Frau. Sie waren in einem amerikanischen Schlitten vorgefahren, der mindestens zweihundertfünfzigtausend Franc gekostet haben mußte.

Man sah ihn draußen am Bordstein stehen, unübersehbar schon wegen seiner Karosserie, die von oben bis unten vernickelt war.

William Crosby trat zwischen zwei Gästen, die zur Seite rückten, an die Bar und reichte dem Mixer über die Mahagonitheke hinweg die Hand.

»Wie geht's, Bob?«

Madame Crosby stürzte sich auf die junge blonde Schwedin, umarmte sie und begann sich auf englisch mit ihr zu unterhalten.

Diese beiden brauchten nicht einmal zu bestellen! Bob schob Crosby einen Whisky mit Soda hin, mixte für die junge Frau einen ›Rose‹, fragte:

»Schon zurück aus Biarritz?«

»Wir sind bloß drei Tage geblieben. Dort regnet es noch mehr als hier ...«

Crosby entdeckte Maigret, nickte ihm zu.

Er war hochgewachsen, Anfang Dreißig, hatte braunes Haar und einen federnden Gang.

Von all den Männern, die sich in diesem Augenblick um die Bar drängten, war er ohne Zweifel der einzige, dessen Eleganz nicht aufdringlich wirkte.

Lässig schüttelte er Hände, fragte:

»Was trinken Sie …?«

Er war reich. Er hatte vor der Tür einen schnellen Sportwagen stehen, mit dem er je nach Lust und Laune nach Nizza, Biarritz, Deauville oder Berlin raste.

Seit mehreren Jahren bewohnte er eine Suite in einem Palasthotel an der Avenue George-V, und von seiner Tante hatte er außer der Villa in Saint-Cloud fünfzehn oder zwanzig Millionen Franc geerbt.

Madame Crosby war sehr zierlich, aber überaus lebhaft, und sie redete ununterbrochen in einer Mischung aus Englisch und Französisch, mit einem unnachahmlichen Akzent und einer hohen Stimme, die ihre Anwesenheit verriet, noch ehe man sie zu Gesicht bekam.

Andere Gäste schoben sich zwischen die Crosbys und Maigret. Ein Abgeordneter, den der Kommissar vom Sehen kannte, kam herein und wechselte einen freundschaftlichen Händedruck mit dem jungen Amerikaner.

»Wollen wir zusammen essen?«

»Heute nicht … Wir sind in der Stadt eingeladen …«

»Also morgen?«

»In Ordnung. Wir treffen uns hier …«

»Monsieur Valachine wird am Telefon verlangt!« rief ein Page. Jemand erhob sich, schritt zu den Kabinen.

»Zwei ›Roses‹, zwei …!«

Teller klirrten. Der Lärm schwoll an.

»Können Sie mir Dollars wechseln …?«

»In der Zeitung steht der Kurs…«

»Ist Suzy nicht da…?«

»Eben gegangen. Sie ist zum Mittagessen im Maxim's verabredet…«

Maigret dachte an den Jungen mit dem Wasserkopf und den langen Armen, der mit knapp zwanzig Franc in der Tasche im Getümmel von Paris untergetaucht war und nach dem jetzt die gesamte französische Polizei fahndete.

Er erinnerte sich, wie das leichenfahle Gesicht langsam über der dunklen Mauer der Santé aufgetaucht war.

Er erinnerte sich an Dufours Stimme am Telefon:

»Er schläft…«

Er hatte einen ganzen Tag geschlafen!

Wo mochte er jetzt sein? Und warum, ja, warum hatte er diese Mrs. Henderson umgebracht, die er nicht kannte und die er nicht beraubt hatte?

»Trinken Sie Ihren Aperitif öfters hier?«

William Crosby stand vor Maigret, hielt ihm sein Zigarettenetui hin.

»Danke. Ich rauche nur Pfeife.«

»Darf ich Sie zu einem Drink einladen? Wie wär's mit Whisky?«

»Ich bin schon dabei, wie Sie sehen.«

Crosby betrachtete ihn stirnrunzelnd.

»Verstehen Sie denn Englisch, Russisch, Deutsch?«

»Französisch, und damit hat es sich.«

»Dann muß Ihnen das ›Coupole‹ wie der Turm zu Babel vorkommen… Ich hab Sie hier aber noch nie gesehen… Apropos, ist es wahr, was man sich erzählt?«

»Was denn?«

»Der Mörder... Sie wissen doch –«

»Ach was! Kein Grund zur Beunruhigung...«

Sekundenlang fühlte er Crosbys Blick auf sich ruhen.

»Kommen Sie! Tun Sie uns den Gefallen und trinken Sie ein Glas mit uns. Meine Frau wird entzückt sein... Darf ich vorstellen? Miss Edna Reichberg aus Stockholm, die Tochter des Papierfabrikanten... Gewann letztes Jahr in Chamonix die Meisterschaft im Eiskunstlauf... Edna, das ist Kommissar Maigret...«

Die Russin in Schwarz blieb in ihre Zeitung vertieft, und der rothaarige Mann träumte mit halbgeschlossenen Augen vor seinem Steinguttopf, aus dem er den letzten Tropfen Joghurt gekratzt hatte.

Edna nickte kurz.

»Erfreut...«

Sie drückte Maigret kräftig die Hand und setzte dann auf englisch ihre Unterhaltung mit Madame Crosby fort, während William sich vom Tisch erhob.

»Sie gestatten... Ich muß ans Telefon... Zwei Whisky, Bob... Sie entschuldigen mich, ja?«

Draußen funkelte das vernickelte Auto im grauen Tageslicht, und eine Jammergestalt machte eben einen Bogen um den Wagen, näherte sich schleppenden Schrittes dem ›Coupole‹, blieb eine Weile vor der Drehtür stehen.

Gerötete Augen spähten ins Innere, während ein Kellner schon hinauslief, um den armen Teufel fortzujagen.

In Paris, ja in ganz Frankreich suchte die Polizei immer noch den flüchtigen Häftling aus der Santé.

Hier war er, der Kommissar hätte ihm sogar zurufen können!

5

Der Kaviarliebhaber

Maigret rührte sich nicht, zuckte nicht einmal mit der Wimper. Unmittelbar neben ihm setzten Madame Crosby und die junge Schwedin ihr englisches Geschnatter fort und tranken ihren Cocktail. Man saß so eng nebeneinander, daß der Kommissar bei jeder Bewegung, die das blonde Mädchen machte, ihren weichen Körper spürte.

Ihrem Gespräch konnte Maigret mehr oder weniger deutlich entnehmen, daß ein gewisser José im ›Ritz‹ mit Edna geflirtet und ihr Kokain angeboten hatte.

Die beiden Frauen lachten. William Crosby kehrte vom Telefon zurück, wandte sich wieder an den Kommissar.

»Sie entschuldigen... Es geht um diesen Wagen, den ich verkaufen will. Ich brauch einen neuen...«

Er goß Soda in die beiden Gläser.

»Auf Ihr Wohl!«

Draußen geisterte die skurrile Gestalt des zum Tode Verurteilten um die Terrasse.

Bei seiner Flucht aus dem ›Citanguette‹ mußte Joseph Heurtin die Mütze verloren haben, denn er war barhäuptig. Man hatte ihn im Gefängnis fast kahlgeschoren, so daß seine riesigen Ohren noch mehr zur Geltung kamen. Seine Schuhe hatten keine Farbe und keine Form mehr.

Und beim Anblick seines zerknitterten, verstaubten und

dreckverschmierten Anzugs fragte man sich, wo er geschlafen haben mochte.

Hätte er den Vorübergehenden die Hand entgegengestreckt, so hätte man sich seine Anwesenheit erklären können, denn er sah ja wirklich wie ein jämmerliches Wrack aus. Doch er bettelte nicht. Er verkaufte auch keine Schnürsenkel oder Bleistifte.

Er trieb mit der Menge hin und her, entfernte sich bisweilen ein Stück weit, kam wieder zurück wie ein Schwimmer, der gegen einen reißenden Strom ankämpft.

Seine Wangen waren mit braunen Stoppeln bedeckt. Er war abgemagert.

Aber das Unheimlichste an ihm waren seine Augen. Augen, die nicht von der Bar wichen, die immer wieder versuchten, durch die beschlagenen Fensterscheiben zu spähen.

Wieder gelang es ihm, bis zur Schwelle vorzudringen, und Maigret hatte das Gefühl, daß er im nächsten Moment die Drehtür aufstoßen würde.

Der Kommissar rauchte hastig. Seine Schläfen waren feucht, seine Nerven zum Zerreißen gespannt. Er schien alles mit doppelter Schärfe wahrzunehmen.

Ein sonderbares Gefühl. Noch vor wenigen Minuten hatte er sich mit seiner Niederlage abgefunden. Er hatte den Boden unter den Füßen verloren. Der Fall war ihm entglitten, und nichts ließ ihn mehr hoffen, daß er die einzelnen Elemente jemals wieder in den Griff bekommen würde.

Er trank langsam seinen Whisky, während Crosby ihm höflich das Gesicht zukehrte und sich gleichzeitig an der Unterhaltung der beiden Frauen beteiligte.

Und merkwürdigerweise nahm Maigret ganz unabsichtlich, ja unbewußt jedes Detail des komplexen Geschehens, das sich rings um ihn abspielte, in sich auf.

Die Leute gebärdeten sich immer hektischer. Der Lärm verdichtete sich zu einem Getöse, in dem die einzelnen Stimmen, Gesten, Körperbewegungen untergingen wie im Rauschen des Meers...

Er aber sah alles: den Mann hinter seinem Joghurttopf, den verwilderten Strolch, der unermüdlich zum Eingang zurückkehrte, Crosbys Lächeln, die Grimasse seiner Frau, die sich die Lippen schminkte, den fliegenden Shaker in der Hand des Barmixers, der einen ›Flip‹ zubereitete...

Und die Gäste, die jetzt einer nach dem andern aufbrachen... Fetzen von Abschiedsworten...

»Heute abend – hier?«

»Bring wenn möglich Lea mit!«

Allmählich leerte sich die Bar. Es war halb zwei. Nebenan im Speisesaal ertönte das Klirren von Besteck.

Crosby legte einen Hundert-Franc-Schein auf die Theke.

»Sie bleiben noch?« fragte er den Kommissar.

Er hatte den Mann nicht bemerkt. Aber er würde ihm beim Hinausgehen Auge in Auge gegenüberstehen.

Auf diesen Moment wartete Maigret mit einer fast schmerzhaften Ungeduld. Madame Crosby und Edna lächelten ihm zum Abschied zu.

Joseph Heurtin stand keine zwei Meter von der Tür entfernt. An einem seiner Schuhe fehlte der Schnürsenkel. Jeden Augenblick konnte ein Schutzmann auftauchen, seinen Ausweis verlangen oder ihn zum Weitergehen auffordern.

Die Tür drehte sich in den Angeln. Crosby schritt barhäuptig zu seinem Wagen. Die beiden Frauen folgten. Eine machte eine scherzhafte Bemerkung, und sie lachten.

Es geschah rein gar nichts! Heurtin beachtete die Amerikaner so wenig wie die übrigen Passanten. Weder William noch seine Frau nahmen von ihm Notiz.

Die drei Ausländer stiegen in den Wagen. Die Türen schlugen zu.

Andere Gäste traten ins Freie, drängten den Exgefangenen von der Tür weg, der sich ihr von neuem genähert hatte.

In diesem Augenblick erblickte Maigret im Spiegel ein Gesicht, zwei blitzende Augen unter dichten Brauen, ein kaum merkliches, aber unleugbar spöttisches Lächeln.

Die Lider senkten sich sogleich wieder über die verräterischen Pupillen, doch eine Sekunde hatte genügt, Maigret hatte den bestimmten Eindruck, daß dieser Spott ihm galt.

Der Mann, der ihn angeblickt hatte und der jetzt nichts und niemanden mehr anblickte, war der rothaarige Joghurtesser.

Nachdem der letzte Gast an der Bar, ein Engländer, seine *Times* zu Ende gelesen und das Lokal verlassen hatte, standen die Barhocker leer, und Bob verkündete:

»Ich geh essen...«

Seine beiden Gehilfen säuberten die Mahagonitheke, räumten die Gläser, die Oliven- und Chipsschalen weg.

Zwei Gäste waren an ihren Tischen sitzen geblieben: der Rothaarige und die Russin in Schwarz. Sie schienen nicht zu bemerken, daß sie allein waren.

Joseph Heurtin geisterte immer noch draußen herum,

und seine Augen waren so leer, sein Gesicht so bleich, daß einer der Barkellner, der ihn durch das Fenster beobachtete, zu Maigret sagte:

»Noch einer, der demnächst einen epileptischen Anfall bekommt... Warum die sich immer ausgerechnet Caféterrassen aussuchen müssen... Ich hol einen Boy.«

»Nein...«

Der Joghurt-Mensch konnte alles hören. Dennoch fuhr Maigret mit kaum gedämpfter Stimme fort:

»Rufen Sie für mich die Kriminalpolizei an... Sie sollen zwei Leute schicken... Am besten Lucas und Janvier... Können Sie sich das merken?«

»Geht's um den Landstreicher?«

»Egal...«

Nach dem Aperitif-Rummel war es in der Bar still geworden. Der Rothaarige hatte sich nicht gerührt, hatte nicht mit der Wimper gezuckt. Die Frau in Schwarz blätterte gleichmütig eine Seite ihrer Zeitung um.

Der zweite Kellner beobachtete Maigret jetzt neugierig. Minuten verstrichen, tröpfelten gewissermaßen Sekunde für Sekunde dahin.

Der Kellner zählte seine Einnahmen, raschelte mit Banknoten und klimperte mit Münzen.

Der andere kehrte vom Telefon zurück.

»Man sagte mir, Ihr Auftrag werde erledigt...«

»Danke.«

Der zerbrechliche Schemel ächzte unter dem Gewicht des Kommissars. Maigret rauchte eine Pfeife nach der anderen, während er mechanisch sein Whiskyglas leerte. Er vergaß, daß er noch nicht zu Mittag gegessen hatte.

»Einen Café crème...«

Die Stimme kam aus der Ecke, wo der Joghurt-Mann saß. Der Kellner warf Maigret einen Blick zu, zuckte die Achseln, rief nach hinten in Richtung Durchreiche:

»Einen Crème!... Einen!«

Und zum Kommissar, mit leiser Stimme:

»Davon lebt er jetzt bis sieben Uhr abends... Es ist wie mit der anderen da drüben...«

Sein Kinn deutete auf die Russin.

Zwanzig Minuten verstrichen. Heurtin, müde vom Umhergehen, stand steif am Straßenrand, und ein Mann, der eben in seinen Wagen stieg, hielt ihn für einen Bettler, reichte ihm ein Geldstück, das er nicht zurückzuweisen wagte.

Ob ihm von seinen zwanzig Franc noch etwas übrig geblieben war? Hatte er seit dem Vortag überhaupt gegessen? Hatte er geschlafen?

Die Bar zog ihn unwiderstehlich an. Wieder kam er näher, furchtsam nach den Kellnern und Boys Ausschau haltend, die ihn schon mehrere Male von der Terrasse vertrieben hatten.

Jetzt war es still geworden, und er erreichte ungehindert die Fenster, preßte das Gesicht an die Scheibe, so daß seine Nase auf komische Weise platt gedrückt wurde, und ließ seine kleinen Augen suchend durch das Innere wandern.

Der Rothaarige hob seine Kaffeetasse an die Lippen. Er drehte sich nicht zum Fenster um.

Warum aber blitzte wieder dieses Lächeln in seinen Augen auf?

Ein livrierter Boy, noch keine sechzehn Jahre alt, rief der

zerlumpten Gestalt etwas zu, und einmal mehr schleppte diese sich ein paar Meter weiter. Ein Taxi hielt an. Wachtmeister Lucas stieg aus, kam mit verblüffter Miene herein, war noch verblüffter, als er sich in dem fast leeren Raum umschaute.

»Ach, Sie sind es, der –«

»Was trinken Sie?«

Und leiser:

»Werfen Sie einen Blick hinaus...«

Lucas brauchte mehrere Sekunden, ehe er die Gestalt erkannte. Sein Gesicht hellte sich auf.

»Na so was! ... Sie haben es also doch –«

»Gar nichts habe ich! ... Barmann! Einen Kognak.«

Die Russin rief mit hartem Akzent:

»Garçon! Bringen Sie mir *L'Illustration*... Und das Branchenverzeichnis...«

»Trinken Sie aus, alter Junge... Sie gehen jetzt hinaus und behalten ihn im Auge, nicht wahr?«

»Meinen Sie nicht, es wäre besser...«

Die Finger des Wachtmeisters spielten unmißverständlich mit den Handschellen in seiner Tasche.

»Noch nicht... Gehen Sie...«

Nach außen wirkte Maigret gelassen, doch seine Nerven waren so gespannt, daß er das Glas, das er soeben zum Mund führte, um ein Haar in seiner breiten Hand zerdrückt hätte.

Der Rothaarige schien keine Lust zu haben, das Lokal zu verlassen. Er las nicht, er schrieb nicht, er blickte sich nicht um. Und draußen wartete Joseph Heurtin weiter!

Genauso war es auch noch um vier Uhr nachmittags, nur

daß Joseph Heurtin sich mittlerweile auf eine Bank gesetzt hatte, ohne jedoch die Tür der Bar aus den Augen zu lassen.

Maigret hatte lustlos ein belegtes Brötchen verzehrt. Die schwarzgekleidete Russin stand auf und ging, nachdem sie lange und umständlich ihr Make-up aufgefrischt hatte.

So blieb nur noch der Joghurt-Mensch übrig. Heurtin hatte die junge Frau davongehen sehen und sich nicht vom Fleck gerührt. Jemand zündete die Lampen an, obgleich die Straßenlaternen noch nicht brannten.

Ein Barkellner legte im Regal volle Flaschen nach. Sein Kollege wischte eilig den Boden auf.

Ein Löffel klirrte gegen eine Untertasse, und das Geräusch überraschte sowohl den Kellner als auch Maigret, weil es aus der Ecke drang, wo der Rothaarige saß.

Ohne sich stören zu lassen, ohne seine Verachtung für den schäbigen Kunden im geringsten zu verbergen, rief ihm der Kellner zu:

»Ein Joghurt und einen Café crème... drei und eins fünfzig, macht vier fünfzig...«

»Verzeihung... Bringen Sie mir Kaviarbrötchen...«

Die Stimme klang gelassen. Im Spiegel erhaschte der Kommissar einen belustigten Blick aus den halbgeschlossenen Augen des Gastes.

Der Barmann öffnete die Durchreiche zur Küche.

»Ein Kaviarbrötchen, eines!«

»Drei!« verbesserte der Fremde.

»Drei Kaviar! Drei!«

Mit mißtrauischer Miene musterte der Barmann seinen Gast. Dann fragte er höhnisch:

»Mit Wodka?«

»Ja, mit Wodka...«

Maigret versuchte zu begreifen. Der Mann hatte sich verändert. Die merkwürdige Starre war von ihm gewichen.

»Und Zigaretten!« fügte er trocken hinzu.

»Maryland?«

»Abdullah...«

Er zündete sich eine an, während er auf seine Brötchen wartete, und begann die Zigarettenschachtel mit Bleistiftschnörkeln zu verzieren. Dann schlang er seine Brötchen so eilig hinunter, daß der Kellner noch kaum an seinen Platz zurückgekehrt war, als er sich auch schon vom Tisch erhob.

»Dreißig Franc die Brötchen... Sechs für den Wodka... Zweiundzwanzig Franc für die Abdullah und den Rest...«

»Ich bezahle morgen...«

Maigret runzelte die Brauen. Er konnte Heurtin immer noch auf seiner Bank sitzen sehen.

»Moment mal! Das erzählen Sie gefälligst dem Geschäftsführer!«

Der Rothaarige verneigte sich kurz, setzte sich wieder und wartete. Der Geschäftsführer erschien im Smoking.

»Was ist los?«

»Dieser Herr will erst morgen bezahlen. Drei Kaviarbrötchen, eine Schachtel Abdullah und noch einiges dazu...«

Der Gast zeigte keinerlei Verlegenheit. Wieder neigte er den Kopf, ironischer denn je, um die Aussage des Kellners zu bestätigen.

»Sie haben kein Geld bei sich?«

»Keinen Centime...«

»Wohnen Sie in der Nähe? ... Ich gebe Ihnen einen Boy mit...«

»Ich hab auch zu Hause kein Geld.«

»Und Sie essen Kaviar...?«

Der Geschäftsführer klatschte in die Hände. Ein Junge in Livree kam gelaufen.

»Hol die Polizei!«

Das alles spielte sich ohne Lärm, ohne Aufruhr ab.

»Sind Sie sicher, daß Sie kein Geld haben?«

»Ich hab es Ihnen doch eben gesagt...«

Der Junge hatte seine Antwort abgewartet. Jetzt setzte er sich in Trab. Maigret blieb reglos sitzen. Der Geschäftsführer trat ans Fenster, beobachtete gleichmütig das geschäftige Treiben auf dem Boulevard Montparnasse.

Der Barmann, der seine Flaschen abstaubte, warf Maigret hin und wieder einen bedeutsamen Blick zu.

Keine drei Minuten vergingen, bis der Junge mit zwei Polizisten auf Rädern zurückkam. Die Beamten lehnten ihre Räder an die Mauer und traten ein.

Einer von ihnen erkannte den Kommissar, wollte auf ihn zugehen, doch Maigret starrte ihn nur vielsagend an. Überdies erklärte der Geschäftsführer im gleichen Augenblick und ohne überflüssige Aufregung:

»Dieser Herr hat Kaviar bestellt. Und teure Zigaretten. Et cetera. Er weigert sich zu bezahlen...«

»Ich hab kein Geld«, wiederholte der Rothaarige.

Maigret gab dem Beamten einen Wink, worauf dieser nur murmelte:

»Gut. Sie werden das dem Kommissar erklären ... Kommen Sie mit!«

»Ein Gläschen gefällig, Messieurs?« fragte der Geschäftsführer.

»Danke ...«

Straßenbahnen, Autos, Menschenmassen wälzten sich den Boulevard entlang, über den die Dämmerung einen dichten Nebel breitete. Beim Hinausgehen zündete der Verhaftete eine neue Zigarette an und nickte dem Barmann freundlich zu.

Und als er an Maigret vorbeikam, bedachte er ihn mit einem langen durchbohrenden Blick.

»Los! Etwas schneller bitte! Und ohne Aufsehen, ja?«

Die drei verschwanden durch die Tür. Der Geschäftsführer trat an die Theke.

»Ist das nicht der Tscheche, den wir neulich schon rausschmeißen mußten?«

»Doch«, bestätigte der Barmann. »Er sitzt hier von acht Uhr früh bis acht Uhr abends ... Und trinkt den ganzen Tag nichts als zwei Tassen Café crème ...«

Maigret war zur Tür gegangen. So konnte er sehen, wie Joseph Heurtin sich von seiner Bank erhob, unverwandt stehenblieb und den beiden Polizisten nachblickte, die den Kaviarliebhaber abführten. Aber es war schon nicht mehr hell genug, um in seinen Zügen lesen zu können.

Die drei Männer hatten noch keine hundert Meter zurückgelegt, als auch der Vagabund sich auf den Weg machte, diskret gefolgt von Wachtmeister Lucas.

»Kriminalpolizei!« sagte jetzt der Kommissar, indem er an die Theke zurückkehrte. »Wer ist der Mann?«

»Ich glaube, er heißt Radek ... Er läßt sich seine Post hierher adressieren ... Sie werden die Briefe gesehen haben, die wir da drüben in die Vitrine legen ... Ein Tscheche ...«

»Was tut er?«

»Nichts! Er sitzt den ganzen Tag hier in der Bar ... Träumt vor sich hin ... Schreibt ...«

»Wissen Sie, wo er wohnt?«

»Nein.«

»Hat er Freunde?«

»Soweit ich mich erinnere, hab ich ihn noch nie mit jemandem sprechen sehen ...«

Maigret zahlte, trat ins Freie, stieg in ein Taxi und befahl schroff:

»Zum nächsten Polizeirevier ...«

Als er dort eintraf, saß Radek auf einer Bank und wartete, da der Kommissar noch beschäftigt war.

Vier oder fünf andere Ausländer warteten darauf, ihre Aufenthaltsbescheinigungen ausgestellt zu bekommen.

Maigret begab sich schnurstracks ins Büro des Kommissars, dem eine junge Frau in einem Gemisch von drei oder vier osteuropäischen Sprachen irgendeine Schmuckdiebstahlgeschichte vorjammerte.

»Nanu! Was führt Sie in diese Gegend?« wunderte sich der Beamte.

»Ich kann warten, bis Sie mit der Dame fertig sind.«

»Ich weiß nicht, was sie will ... Jetzt erzählt sie mir schon seit einer halben Stunde immer dasselbe.«

Maigret verzog keine Miene. Die Fremde ereiferte sich, wiederholte ihre Geschichte Punkt für Punkt, indem sie ihre unberingten Finger vorwies.

Als sie endlich draußen war, erklärte Maigret:

»Man wird Ihnen jetzt einen gewissen Radek vorführen, Radek oder so ähnlich. Ich bleibe solange hier. Sorgen Sie dafür, daß er die Nacht hier auf der Wache verbringt und dann freigelassen wird.«

»Was hat er denn angestellt?«

»Er hat Kaviar gegessen und nicht bezahlt.«

»Im ›Dôme‹?«

»Im ›Coupole‹.«

Eine Klingel ertönte.

»Bringen Sie Radek herein ...«

Der Tscheche betrat das Büro ohne eine Spur von Verlegenheit. Die Hände in den Taschen, pflanzte er sich vor den beiden Beamten auf, sah ihnen direkt in die Augen und wartete, während ein geradezu erfreutes Lächeln um seine Lippen spielte.

»Man beschuldigt Sie der Zechprellerei ...«

Er nickte zustimmend, wollte sich eine Zigarette anzünden. Der Polizeikommissar riß sie ihm wütend aus der Hand.

»Was haben Sie zu sagen?«

»Nichts ...«

»Haben Sie einen festen Wohnsitz, verfügen Sie über irgendwelche Einkünfte?«

Der Mann zog einen abgegriffenen Paß hervor, legte ihn auf den Schreibtisch.

»Sie wissen, daß Sie vierzehn Tage Gefängnis riskieren?«

»Bedingt«, verbesserte ihn Radek ungerührt. »Sie werden feststellen, daß ich nicht vorbestraft bin.«

»Hier steht, Sie seien Medizinstudent. Stimmt das?«

»Professor Grollet, der Ihnen nicht unbekannt sein dürfte, wird Ihnen bestätigen, daß ich sein bester Schüler war...«

Und zu Maigret gewandt, mit einem spöttischen Unterton in der Stimme:

»Ich nehme an, Sie sind auch von der Polizei, Monsieur...?«

6

Die Herberge in Nandy

Madame Maigret seufzte, sagte aber nichts, als ihr Gatte schon um sieben Uhr früh die Wohnung verließ, nachdem er seinen Kaffee hinuntergestürzt hatte, ohne zu merken, wie kochend heiß er war.

Um ein Uhr morgens war er schweigsam nach Hause gekommen. Mit verschlossenem Gesicht ging er wieder weg.

Auf dem Weg durch die Korridore des Präsidiums spürte er deutlich die Neugier in den Gesichtern der Kollegen, der Inspektoren und sogar der Bürodiener – eine Neugier, gepaart mit Bewunderung, vielleicht auch mit einer Spur von Mitleid.

Dennoch schüttelte er den anderen die Hände, wie er seine Frau auf die Stirn geküßt hatte, machte sich in seinem Büro sogleich daran, das Feuer im Ofen zu schüren, und breitete seinen regennassen Mantel über zwei Stühle.

Dann griff er zum Hörer und ließ sich, gemächlich an seiner Pfeife ziehend, mit dem Polizeirevier von Montparnasse verbinden.

Mit der freien Hand ordnete er mechanisch die Schriftstücke, die sich auf seinem Schreibtisch häuften.

»Hallo!... Wer ist am Apparat?... Der Wachtmeister vom Dienst?... Hier Kommissar Maigret von der Kriminalpolizei... Ist Radek wieder auf freiem Fuß?... Wie bitte? Seit einer Stunde?... Und haben Sie aufgepaßt, daß Inspektor Janvier ihm rechtzeitig gefolgt ist? ... Hallo! ... Nicht geschlafen, wie? Hat eine ganze Schachtel Zigaretten leergeraucht?... Danke, nein, das ist nicht notwendig. Falls ich weitere Auskünfte brauche, komme ich selber vorbei...«

Er zog den Paß des Tschechen, den er an sich genommen hatte, aus der Brusttasche, ein kleines, hellgraues, mit dem Wappen der Tschechoslowakei verziertes Heft. Fast jede Seite war voll mit Stempeln und Visa.

Johann Radek, fünfundzwanzigjährig, geboren in Brünn, Vater unbekannt, hatte sich – wie aus den Visa hervorging – in Berlin, Mainz, Bonn, Turin und Hamburg aufgehalten.

Dem Ausweis zufolge war er Student der Medizin. Seine vor zwei Jahren verstorbene Mutter, Elisabeth Radek, hatte als Dienstmädchen gearbeitet.

»Wovon lebst du?« hatte Maigret ihn am vergangenen Abend im Büro des Kommissars von Montparnasse gefragt.

Und der Mann hatte mit seinem herausfordernden Lächeln erwidert:

»Muß ich Sie auch duzen?«

»Antworten Sie!«

»Solange meine Mutter noch lebte, schickte sie mir Geld für mein Studium...«

»Von ihrem Dienstmädchengehalt?«

»Gewiß. Ich bin ihr einziger Sohn. Für mich hätte sie ihr letztes Hemd weggegeben. Wundert Sie das?«

»Sie starb vor zwei Jahren. Und seither?«

»Entfernte Verwandte schicken mir hin und wieder ein paar Francs. Und hier in Paris habe ich Landsleute, die mir gelegentlich unter die Arme greifen. Manchmal übernehme ich auch Übersetzungen...«

»Und Aufträge für den *Sifflet*?«

»Ich verstehe nicht!«

Der Hohn in seiner Stimme bedeutete soviel wie:

›Nur zu, meine Herren! Mir könnt ihr nichts anhängen!‹

Darauf hatte Maigret es vorgezogen, das Polizeirevier zu verlassen. Von Joseph Heurtin und Wachtmeister Lucas war weit und breit nichts zu sehen. Wieder einmal waren sie, der eine auf den Fersen des andern, in Paris untergetaucht.

»Zum ›Hôtel George-V‹!« befahl der Kommissar einem Taxichauffeur.

Er betrat die Hotelhalle genau in dem Augenblick, da William Crosby im Smoking einen Hundert-Dollar-Schein am Empfangsschalter wechselte.

»Wollten Sie mich besuchen?« fragte er, als er den Kommissar erblickte.

»Eigentlich nicht... Es sei denn, Sie kennen einen gewissen Radek...«

In der Louis-seize-Halle herrschte ein emsiges Kommen und Gehen. Der Angestellte zählte Bündel von je zehn zusammengehefteten Hundert-Franc-Scheinen ab.

»Radek?«

Maigrets Blick bohrte sich in die Augen des Amerikaners. Crosbys Miene veränderte sich nicht.

»Nein... Aber Sie können meine Frau fragen, wenn Sie wollen. Sie wird gleich herunterkommen... Wir dinieren mit Freunden in der Stadt. Ein Galaabend für wohltätige Zwecke im ›Ritz‹ ...«

Tatsächlich trat Madame Crosby gleich darauf aus dem Fahrstuhl, ein Hermelincape über den fröstelnden Schultern. Mit hochgezogenen Brauen betrachtete sie den Kriminalbeamten.

»Ist etwas passiert?«

»Nichts Besonderes. Ich suche einen gewissen Radek.«

»Radek ... Jemand, der hier wohnt?«

Crosby stopfte die Geldscheine in die Tasche, reichte Maigret die Hand.

»Sie entschuldigen? ... Wir sind schon zu spät ...«

Der Wagen, der draußen gewartet hatte, glitt über den Asphalt davon.

Das Telefon klingelte.

»Hallo! Richter Coméliau wünscht Kommissar Maigret zu sprechen ...«

»Sagen Sie, ich sei nicht da. Verstanden?«

Zu dieser frühen Stunde rief der Richter bestimmt von zu Hause aus an. Wahrscheinlich saß er, noch im Schlafrock, gerade beim Frühstück und blätterte fieberhaft die Zeitungen durch, wobei ihm sein typisches Zucken um die Lippen spielte.

»Hallo, Jean! Hat niemand sonst nach mir gefragt? ... Was sagte der Richter?«

»Sie sollen ihn anrufen, sobald Sie da sind. Bis neun zu Hause, danach im Gericht ... Hallo! ... Warten Sie! Da klingelt es gerade ... Hallo! Hallo! ... Kommissar Maigret? ... Einen Augenblick, Monsieur Janvier ...«

Die Verbindung klappte.

»Kommissar?«

»Verschwunden, wie?«

»Verschwunden, jawohl. Ich kann es mir nicht erklären! Ich war keine zwanzig Meter hinter ihm...«

»Und...? Schnell!«

»Ich frag mich, wie es passieren konnte... Vor allem weil ich sicher bin, daß er mich nicht gesehen hat...«

»Weiter.«

»Erst ist er kreuz und quer durch die Straßen im Viertel geirrt... Dann hat er sich zum Bahnhof Montparnasse begeben... Da um diese Zeit gerade die Vorstadtzüge ankommen, bin ich ihm so dicht wie möglich auf den Fersen geblieben, um ihn im Gewühl nicht zu verlieren...«

»Und trotzdem ist er verschwunden?«

»Ja, aber nicht in der Menge... Er sprang auf einen der einfahrenden Züge, hatte aber keine Fahrkarte gelöst... Ich hatte eben noch Zeit, einen Angestellten zu fragen, wohin der Zug fahren würde, und hab dabei den Wagen keine Sekunde aus den Augen gelassen, aber da war er schon weg... Er muß auf der anderen Seite abgesprungen sein...«

»Verdammt!«

»Was soll ich jetzt machen?«

»Geh in die Bar vom ›Coupole‹ und wart dort auf mich... Und wundere dich über nichts... Vor allem aber reg dich nicht auf!«

»Ich schwör Ihnen, Kommissar...«

Die Stimme am anderen Ende klang wie die eines kleinen Jungen, der den Tränen nahe ist. Inspektor Janvier war erst fünfundzwanzig.

»Also dann! Bis gleich.«

Maigret drückte die Gabel nieder, hielt den Hörer wieder ans Ohr.

»Hôtel George-V... Hallo, ja!... Ist Monsieur William Crosby zurück?... Nein, stören Sie ihn nicht... Wann bitte? Um drei? ... Mit Mrs. Crosby? ... Ich danke Ihnen... Hallo! ... Wie? ... Er will nicht vor elf Uhr geweckt werden? ... Danke ... Nein, Sie brauchen ihm nichts zu bestellen... Ich sehe ihn später...«

Der Kommissar begann in aller Ruhe seine Pfeife zu stopfen und nahm sich sogar Zeit nachzusehen, ob noch genügend Kohle in seinem Ofen glühte.

Jemand, der ihn nicht sehr gut kannte, hätte ihn in diesem Augenblick für einen ausgesprochen selbstsicheren Mann gehalten, der geradewegs auf ein klares Ziel zusteuerte.

Mit geschwellter Brust lehnte er sich im Sessel zurück, blies den Rauch aus seiner Pfeife zur Decke. Als der Bürodiener ihm die Zeitungen brachte, scherzte er fröhlich mit ihm.

Doch kaum war er allein, nahm er den Hörer wieder auf.

»Hallo! Hat Lucas nicht nach mir gefragt?«

»Noch nicht, Kommissar...«

Und Maigrets Zähne gruben sich in den Pfeifenstiel. Es war neun Uhr morgens. Seit gestern nachmittag um fünf war Joseph Heurtin aus der Umgebung des Boulevard Raspail verschwunden, und mit ihm Wachtmeister Lucas.

War es denkbar, daß Lucas keine Möglichkeit gefunden hatte, irgendeinem Schutzmann eine Nachricht zuzustekken oder selbst zu telefonieren?

Was Maigret wirklich dachte, wurde ihm selbst erst klar,

als er sich mit der Wohnung Inspektor Dufours verbinden ließ. Dufour antwortete selbst.

»Geht's dir besser?«

»Ich spaziere bereits in der Wohnung herum. Morgen kann ich hoffentlich auf einen Sprung ins Büro kommen ... Aber die Narbe ist ein Anblick, sag ich Ihnen! Der Arzt hat gestern abend den Verband entfernt, und ich hab mir die Pracht angesehen ... Ein wahres Wunder, daß der Schädel nicht zersplittert ist ... Haben Sie den Burschen wenigstens wieder gefaßt?«

»Mach dir keine Sorgen ... Hallo! ... Ich leg auf, weil ich den andern Apparat läuten höre und auf einen Anruf warte ...«

Der weißglühende Ofen verbreitete eine stickige Hitze im Zimmer. Maigret hatte sich nicht getäuscht. Sowie er den Hörer auflegte, klingelte es wieder.

Es war Lucas.

»Hallo! Chef? ... Unterbrechen Sie nicht, Mademoiselle! Polizei! Hallo! Hallo! ...«

»Ja, ich höre dich ... Wo steckst du?«

»In Morsang ...«

»Wie?«

»Einem kleinen Dorf an der Seine, rund fünfunddreißig Kilometer von Paris entfernt ...«

»Und ... *der andere*?«

»In Sicherheit! Zu Hause!«

»Liegt Morsang in der Nähe von Nandy?«

»Es sind etwa vier Kilometer. Ich telefoniere von hier aus, um keinen Verdacht zu erregen ... War das eine Nacht, Chef!«

»Erzähl!«

»Ich dachte, wir würden bis zum Sankt-Nimmerleins-Tag in Paris herumlungern... Anscheinend wußte er nicht, wohin er gehen sollte... Um acht Uhr abends machten wir vor der Volksküche in der Rue de Réaumur halt. Er hat dort fast zwei Stunden auf seine Suppe gewartet...«

»Also hat er kein Geld mehr...«

»Dann ging's wieder los... Was er bloß mit der Seine hat? Einfach unglaublich! Einmal folgte er ihr auf der einen, dann wieder auf der anderen Seite... Hallo! Nicht unterbrechen! ... Sind Sie noch da?...«

»Sprich weiter.«

»Dann hat er endlich Kurs auf Charenton genommen, immer dem Ufer entlang... Ich dachte, er würde sich unter einer Brücke schlafen legen... Ehrlich! Er hielt sich kaum mehr auf den Füßen... Aber nein! Hinter Charenton ging's weiter nach Alfortville, wo er schlicht und einfach die Straße nach Villeneuve-Saint-Georges unter die Füße nahm... Es war stockdunkel... Die Straße war aufgeweicht... Alle dreißig Sekunden fuhr ein Wagen vorbei... Wenn ich das vorher gewußt hätte...«

»Du würdest es wieder tun! Weiter!«

»Das ist alles... Fünfunddreißig Kilometer in diesem Stil! Können Sie sich das vorstellen? ... Außerdem begann es zu regnen, und zwar je länger, je schlimmer. Er merkte es nicht einmal. In Corbeil hätte ich um ein Haar ein Taxi angehalten, um leichter voranzukommen... Um sechs Uhr morgens sind wir beide immer schön hintereinander durch die Wälder zwischen Morsang und Nandy marschiert...«

»Hat er das Haus durch den Vordereingang betreten?«

»Kennen Sie diese Herberge?… Als luxuriös kann man sie nicht bezeichnen. Eine Fuhrmannskneipe… Gasthof, Zeitungskiosk, Café, Tabakladen, alles in einem. Ich glaube, sie verkaufen sogar Kurzwaren… Aber er ist ums Haus geschlichen, durch ein kaum meterbreites Gäßchen, und dann über eine Mauer geklettert. Ich sah ihn eben noch in einem Schuppen verschwinden, es könnte auch ein Stall sein…«

»Und das ist alles?«

»So ungefähr, ja. Nach einer halben Stunde kam Vater Heurtin herunter, öffnete die Läden, schob die Riegel von seiner Bude zurück… Er sah ganz normal aus. Ich ging hinein, bestellte ein Glas Wein, und er wirkte keineswegs nervös… Ich hatte Glück, denn unterwegs nach Morsang begegnete mir ein Schutzmann auf seinem Fahrrad. Ich sagte ihm, er solle eine Panne vortäuschen, einen geplatzten Reifen oder so, und sich unter diesem Vorwand im Bistro niederlassen, bis ich zurückkäme…«

»Das ist ja ausgezeichnet!«

»Finden Sie? … Man sieht, daß Sie nicht bis zum Hals im Dreck stecken… Meine Socken fühlen sich wie nasse Kompressen an, und das Hemd könnte man auswringen… Was mach ich jetzt?«

»Du hast ja wohl keinen Koffer dabei?«

»Ein Koffer hätte mir gerade noch gefehlt!«

»Geh zurück in die Herberge… Erzähl irgendwas… Daß du auf einen Freund wartest, mit dem du dort verabredet bist…«

»Werden Sie kommen?«

»Keine Ahnung… Aber eines kann ich dir sagen: Wenn uns Heurtin noch einmal entwischt, dann platze ich!«

Maigret hängte ein, schaute sich müßig im Zimmer um. Dann rief er durch die angelehnte Tür nach dem Bürodiener.

»Hör zu, Jean! Sobald ich weg bin, rufst du Richter Coméliau an und sagst ihm... äh! ... Sagst ihm, es sei alles in Ordnung, und ich würde ihn auf dem laufenden halten, kapiert? ... Sag es freundlich... mit dem ganzen höflichen Drum und Dran...«

Um elf Uhr stieg er vor dem Coupole aus dem Taxi. Der erste, den er beim Eintreten erblickte, war Inspektor Janvier, der einen typischen Anfängerfehler machte: Er versuchte sich besonders geschickt hinter einer aufgeschlagenen Zeitung zu tarnen, vergaß dabei jedoch die Seiten umzublättern.

In der gegenüberliegenden Ecke saß, zerstreut in seiner Kaffeetasse rührend, Johann Radek.

Er war frisch rasiert, trug ein sauberes Hemd, und sein Lockenschopf sah aus, als wäre er mit einem Kamm in Berührung gekommen.

Vor allem aber schien er innerlich zu jubeln.

Der Barmann hatte Maigret wiedererkannt, begann ihm bedeutsam zuzublinzeln. Und Janvier schnitt hinter seiner Zeitung heftig Grimassen.

Radek durchkreuzte alle diese Manöver, indem er Maigret zurief:

»Trinken Sie ein Glas mit mir?«

Er hatte sich halb erhoben. Er lächelte schwach, doch in seinem Gesicht gab es keinen Zug, der nicht schärfste Wachsamkeit verraten hätte.

Breit und wuchtig trat Maigret näher, ergriff einen Stuhl, der unter seiner Faust zu zerbrechen schien, und ließ sich darauf nieder.

»Schon wieder da?« bemerkte er, ohne sein Gegenüber anzusehen.

»Die Herren waren sehr nett. Offenbar wird man mich in den nächsten zwei Wochen noch nicht vor den Kadi zitieren, da er total ausgebucht ist... Aber für Café crème ist es jetzt zu spät... Wie wäre es denn mit einem Gläschen Wodka und ein paar Kaviarbrötchen? ... Barmann! ...«

Der Barkellner war puterrot im Gesicht. Es war offensichtlich, daß er nicht wußte, wie er reagieren sollte.

»Nun, da ich mich in Gesellschaft befinde, brauche ich doch wohl nicht mehr im voraus zu bezahlen...«, fuhr Radek fort.

Erklärend wandte er sich an Maigret:

»Die sind hier ganz einfach doof. Stellen Sie sich vor, er wollte mich erst gar nicht bedienen! Er hat schnurstracks und ohne ein Wort zu sagen den Geschäftsführer geholt. Ich wurde aufgefordert, das Lokal zu verlassen. Ich mußte das Geld auf den Tisch legen... Finden Sie das nicht komisch?«

Er sprach ernst, fast sinnend.

»Aber natürlich, wenn ich irgendein Depp wäre, so ein Gigolo von der Sorte, wie Sie sie gestern hier sehen konnten, würde man mir jeden erdenklichen Kredit gewähren... Leider bin ich nur ein einigermaßen kultivierter Mensch... Und das ist ein Unterschied, nicht wahr? Darüber möchte ich mich einmal mit Ihnen unterhalten, Kommissar... Sie werden mich vielleicht nicht ganz verstehen. Aber für mich zählen Sie immerhin schon zu den intelligenten Menschen…«

Der Barmann brachte die Kaviarbrötchen an den Tisch, sagte mit einem Seitenblick auf Maigret:

»Sechzig Franc.«

Radek grinste. Janvier saß immer noch in seiner Ecke und lugte hinter seiner Zeitung hervor.

»Und eine Schachtel Abdullah«, ließ sich der Tscheche vernehmen.

Während er auf die Zigaretten wartete, zog er aus einer Außentasche seines Jacketts weithin sichtbar einen zerknitterten Tausend-Franc-Schein und warf ihn auf den Tisch.

»Worüber sprachen wir eben, Kommissar? … Sie gestatten? … Mir fällt gerade ein, daß ich meinen Schneider anrufen muß…«

Das Telefon befand sich im Hintergrund der Brasserie, und diese hatte mehrere Ausgänge.

Maigret blieb reglos sitzen. Es war Janvier, der sich von selbst erhob und dem Mann in einem gewissen Abstand folgte.

Und beide kehrten zurück, wie sie gegangen waren, einer hinter dem andern. Janviers Augen bestätigten dem Kommissar, daß Radek tatsächlich mit seinem Schneider telefoniert hatte.

7

Der Gartenzwerg

Darf ich Ihnen einen nützlichen Tip geben, Kommissar?«

Radek hatte die Stimme gesenkt, beugte sich über den Tisch.

»Natürlich weiß ich im voraus, was Sie davon halten werden. Das ist mir aber vollkommen egal, sehen Sie! ... Meinen Tip, oder meinen Rat, wenn Sie das lieber hören, können Sie trotzdem haben... Lassen Sie die Finger von der Sache! Sie sind im Begriff, einen fürchterlichen Schlamassel anzurichten...«

Maigret starrte unbewegt vor sich hin.

»Und Sie werden sich immer mehr verheddern, weil Sie nichts, aber auch gar nichts begriffen haben...«

Der Tscheche begann sich zu ereifern, wenn auch auf seine besondere, unergründliche Art. Maigret beobachtete seine Hände. Sie waren lang, auffallend weiß und mit Sommersprossen übersät. Sie schienen ein Eigenleben zu führen, sich an dem Gespräch auf ihre Weise zu beteiligen.

»Das soll nicht heißen, daß ich an Ihren beruflichen Qualitäten zweifle. Wenn ich behaupte, Sie hätten nichts, aber auch nicht das geringste begriffen, so will ich damit nur sagen, daß Sie von Anfang an von falschen Voraussetzungen ausgegangen sind. Und deshalb ist auch alles andere falsch, nicht wahr? ... Deshalb wird alles, was Sie herausfinden, von A bis Z falsch sein...

Umgekehrt sind Ihnen ein paar Punkte, die Ihnen als Ausgangsbasis hätten dienen können, schlichtweg entgangen...

Zum Beispiel müssen Sie zugeben, daß Sie nicht gemerkt haben, welche Rolle die Seine in dieser Geschichte spielt. Die Villa in Saint-Cloud liegt an der Seine! Die Rue Monsieur-le-Prince liegt nur fünfhundert Meter von der Seine entfernt. Das Citanguette, wohin sich der ausgebrochene Sträfling laut Zeitungsberichten geflüchtet hat, liegt an der Seine. Melun, Heurtins Geburtsort, liegt an der Seine. Seine Eltern wohnen in Nandy an der Seine...«

Ein übermütiger Funke tanzte in den Augen des Tschechen, während er mit ansonsten ernster Miene fortfuhr:

»Jetzt sitzen Sie aber schön in der Klemme, was? Mit meinem Gerede scheine ich Ihnen direkt in die Falle zu gehen. Ich komme unaufgefordert auf einen Fall zu sprechen, in den Sie mich nur zu gern verwickelt sehen möchten... Aber inwiefern und warum sollte ich es sein? ... Mit Heurtin habe ich nichts zu tun ... Mit Crosby habe ich nichts zu tun ... Mit Madame Henderson oder ihrer Zofe nicht ... Das einzige, was gegen mich spricht, ist die Tatsache, daß sich dieser Joseph Heurtin gestern vor dem ›Coupole‹ herumgetrieben hat und mir aufzulauern schien...

Vielleicht tat er das, vielleicht auch nicht... Auf jeden Fall habe ich das Lokal unter Polizeischutz verlassen...

Aber was beweist das schon?

Ich wiederhole, Sie begreifen nicht und werden auch nie begreifen.

Meine Rolle in dieser ganzen Geschichte? Ich habe überhaupt nichts damit zu tun. Oder vielleicht alles!

Versetzen Sie sich an die Stelle eines intelligenten, eines mehr als intelligenten Menschen, der nichts zu tun hat, als den ganzen Tag über nachzudenken, und dem sich unversehens die Gelegenheit bietet, sich mit einem Problem zu befassen, das an sein Fachgebiet grenzt. Denn Kriminologie und Medizin grenzen aneinander...«

Die steinerne Ruhe des Kommissars, der nicht einmal zuzuhören schien, machte den Tschechen nervös. Seine Stimme wurde lauter.

»Nun, was sagen Sie dazu, Kommissar? Sehen Sie endlich ein, daß Sie auf dem Holzweg sind? Nein? Noch nicht? Darf ich noch bemerken, daß es ein Fehler war, einen Schuldigen, den Sie schon in der Hand hatten, wieder laufenzulassen? ... Denn erstens dürfte es Ihnen schwerfallen, einen Ersatz zu finden, und zweitens müssen Sie damit rechnen, daß Ihnen dieser andere entschlüpft...

Ich habe eben gesagt, Sie seien von falschen Voraussetzungen ausgegangen... Brauchen Sie noch einen Beweis? Und soll ich Ihnen gleichzeitig einen stichhaltigen Grund liefern, mich zu verhaften?«

Er trank sein Wodkaglas in einem Zug leer, lehnte sich auf der Bank zurück und griff in eine Außentasche seines Jacketts.

Als seine Hand wieder zum Vorschein kam, war sie voll von Hundert-Franc-Scheinen, die in Zehnerbündel zusammengeheftet waren. Es waren insgesamt zehn Bündel.

»Lauter neue Scheine, wie Sie sehen! Ihre Herkunft läßt sich also leicht feststellen. Tun Sie das! Und viel Vergnügen!

… Aber vielleicht möchten Sie jetzt lieber schlafen gehen, das würde ich Ihnen jedenfalls sehr empfehlen.«

Er stand auf. Maigret blieb sitzen, musterte Radek von Kopf bis Fuß und zog lange an seiner Pfeife.

Die ersten Gäste trafen ein.

»Bin ich verhaftet?«

Der Kommissar schien es nicht eilig zu haben. Er griff nach den gebündelten Geldscheinen, betrachtete sie, ließ sie in die Tasche gleiten.

Dann erst erhob er sich, so bedächtig, daß die Züge des Tschechen sich verzerrten. Er streckte die Hand aus, berührte Radeks Schulter mit zwei Fingern.

Es war der Maigret der großen Tage, stark, sicher, unwahrscheinlich ruhig.

»Hör zu, du Gartenzwerg…«

Einen erfrischenderen Gegensatz zu Radeks Tonfall, seiner gespannten Haltung, seinem scharfen Blick, der eine ganz anders geartete Intelligenz verriet, hätte man sich kaum denken können. Maigret hatte dem Tschechen zwanzig Jahre voraus, und das ließ er ihn spüren.

»Hör zu, du Gartenzwerg…«

Janvier bemühte sich krampfhaft, nicht laut herauszulachen vor Freude, seinen Chef endlich wieder in Hochform zu sehen.

Mit der gleichen gutmütigen Unbefangenheit fuhr der Kommissar fort:

»Früher oder später treffen wir uns wieder, mußt du wissen…«

Er nickte dem Barmann zu, steckte die Hände in die Taschen und zwängte sich durch die Drehtür ins Freie.

»Ich hab das Gefühl, daß es sich um dieselben Scheine handelt, aber ich will mich sicherheitshalber erkundigen«, erklärte der Angestellte im ›Hôtel George-V‹ mit einem prüfenden Blick auf die Banknoten, die Maigret ihm ausgehändigt hatte.

Eine Minute später telefonierte er mit der Bank.

»Hallo! Haben Sie sich die Nummern der hundert Scheine zu je hundert Franc notiert, die ich gestern bei Ihnen abholen ließ...?«

Er schrieb sie auf, legte den Hörer zurück, wandte sich an den Kommissar.

»Es stimmt genau... Wird das Scherereien geben?«

»Keineswegs... Sind Monsieur und Madame Crosby oben?«

»Sie sind vor einer halben Stunde ausgegangen.«

»Haben Sie sie selbst gesehen?«

»So klar, wie ich Sie hier vor mir sehe...«

»Hat das Hotel mehrere Ausgänge?«

»Zwei, aber der zweite wird nur vom Personal benutzt.«

»Sie sagten, Monsieur und Madame Crosby seien heute früh um zirka drei Uhr zurückgekehrt... Haben Sie seither keine Besucher empfangen?«

Der Etagenkellner wurde verhört, das Zimmermädchen, der Portier.

Für Maigret galt es schließlich als erwiesen, daß die Crosbys das Hotel zwischen drei und elf Uhr morgens nicht verlassen hatten und daß niemand ihr Appartement betreten hatte.

»Sie haben auch keinen Ihrer Boys mit einem Brief fortgeschickt?«

Nein. Andererseits war Johann Radek von vier Uhr nachmittags bis sieben Uhr früh auf der Polizeiwache von Montparnasse eingesperrt und somit von der Außenwelt abgeschnitten gewesen.

Um sieben Uhr stand er auf der Straße ohne einen Sou in der Tasche. Um acht Uhr war es ihm gelungen, im Bahnhof Montparnasse Inspektor Janvier abzuschütteln.

Als er sich um zehn Uhr wieder im ›Coupole‹ einfand, trug er mindestens elftausend Franc bei sich, und davon hatten sich zehntausend noch am Abend zuvor eindeutig in William Crosbys Tasche befunden.

»Ich möchte mich oben mal schnell umsehen!«

Der Hoteldirektor, dem das Ganze sichtlich peinlich war, willigte zögernd ein, und Maigret fuhr mit dem Lift in die dritte Etage.

Es war die übliche Luxussuite: zwei Schlafzimmer, zwei Badezimmer, ein Salon, ein Boudoir.

Die Betten waren noch nicht gemacht, das Frühstücksgeschirr war noch nicht abgeräumt. Ein Kammerdiener bürstete den Smoking des Amerikaners aus, und im Zimmer nebenan hing ein Abendkleid über einem Stuhl.

Verschiedene Gegenstände lagen umher, Zigarettenetuis, eine Damenhandtasche, ein Spazierstock, ein broschierter Roman, dessen Seiten noch nicht aufgeschnitten waren.

Maigret trat wieder ins Freie, ließ sich zum ›Ritz‹ fahren, wo ihm ein Oberkellner bestätigte, daß das Ehepaar Crosby mit Miss Edna Reichberg am vergangenen Abend den Tisch Nummer 18 besetzt hatte. Sie waren gegen neun Uhr eingetroffen und nicht vor halb drei weggegangen.

Dem Oberkellner war nichts Ungewöhnliches aufgefallen.

»Und doch, diese Banknoten...«, murmelte Maigret beim Überqueren der Place Vendôme.

Er blieb mit einem Ruck stehen und wäre um ein Haar vom Kotflügel einer Limousine erfaßt worden.

›Warum zum Teufel hat dieser Radek sie mir überhaupt gezeigt?‹ dachte er. ›Und jetzt trage ich sie auch noch mit mir herum und hätte die größte Mühe, eine plausible Erklärung abzugeben... Dazu diese Geschichte mit der Seine...‹

Er hielt ein Taxi an, ohne weiter zu überlegen.

»Wie lange brauchen Sie, um nach Nandy zu fahren? Das ist gleich hinter Corbeil...«

»Eine Stunde... Die Straßen sind glitschig...«

»Also los! Aber erst geht's zu einem Tabakladen.«

Es folgte eine Stunde, wie Maigret sie liebte. Entspannt lehnte er in einer Ecke des Wagens, dessen Scheiben innen anliefen, während auf der Außenseite Regenperlen glitzerten.

Er rauchte ununterbrochen, warm eingehüllt in seinen riesigen schwarzen Überzieher, den am Quai des Orfèvres jeder kannte.

Die Fahrt ging durch Vorstadtgegenden, dann durch die offene Oktoberlandschaft, wo man zwischen zwei Giebeln oder zwischen kahlen Bäumen bisweilen das blaugrüne Band der Seine aufschimmern sah.

›Es kann nur einen Grund geben, weshalb Radek geredet und mir das Geld gezeigt hat: Er will die Untersuchung vorübergehend in andere Bahnen lenken, indem er mich mit neuen Rätseln zu verwirren versucht...

Aber warum? … Um Heurtin die Flucht zu ermöglichen? … Um Crosby zu kompromittieren?

Gleichzeitig kompromittiert er sich selbst…‹

Der Kommissar mußte an die Worte des Tschechen denken:

›*Sie sind von Anfang an von falschen Tatsachen ausgegangen…*‹ Das klang doch, bei Gott, als wüßte er, daß Maigret ein neues Ermittlungsverfahren erwirkt hatte, obgleich das Urteil des Schwurgerichts längst gefällt war.

Falsche Tatsachen? Schön, aber wie und in welchem Umfang waren sie gefälscht worden? Immerhin lagen handfeste Beweise vor, die unmöglich gefälscht sein konnten.

Theoretisch hätte der Mörder von Madame Henderson und ihrer Zofe sich Heurtins Schuhe aneignen können, um falsche Spuren in der Villa zu hinterlassen.

Mit den Fingerabdrücken war das schon etwas anderes. Man hatte überall welche gefunden, und zwar auf Gegenständen, die in jener Nacht nicht vom Tatort entfernt worden waren, an Vorhängen zum Beispiel, auf den Betttüchern…

Wo lag da der Haken? Heurtin war um Mitternacht im ›Pavillon-Bleu‹ gesehen worden. Heurtin war um vier Uhr früh in die Rue Monsieur-le-Prince zurückgekehrt. Beides stand zweifelsfrei fest.

›Sie begreifen nicht und werden auch nie begreifen‹, behauptete dieser Radek, der jetzt plötzlich in den Mittelpunkt der Affäre rückte, nachdem vorher niemand von seiner Existenz gewußt hatte.

William Crosby hatte den Tschechen tags zuvor im

›Coupole‹ völlig ignoriert. Und als Maigret seinen Namen erwähnte, hatte Crosby nicht mit der Wimper gezuckt.

Dennoch war das Geld von der Tasche des einen in die des andern gewandert!

Und was noch merkwürdiger war: Radek hatte es spürbar darauf angelegt, diese Tatsache der Polizei zur Kenntnis zu bringen. Ja, er schien sich jetzt geradezu in den Vordergrund zu drängen, die Hauptrolle an sich zu reißen.

›Von dem Augenblick an, da die Polizei ihn wieder auf freien Fuß gesetzt hatte, bis zu dem Moment, da ich ihn im ›Coupole‹ traf, hat er genau zwei Stunden Zeit gehabt... In diesen zwei Stunden hat er sich rasiert, hat das Hemd gewechselt – und sich in den Besitz des Geldes gebracht...‹

Über einen Punkt zumindest konnte Maigret sich Gewißheit verschaffen, indem er schlußfolgerte:

›Das hat ihn im besten Fall eine halbe Stunde gekostet. Also ist ihm praktisch keine Zeit mehr geblieben, nach Nandy zu fahren...‹

Das Dorf liegt auf einem Plateau über der Seine. Hier oben fegte der Westwind durch die Bäume, daß sie sich bogen. Ein Jäger bewegte sich, einer winzigen Silhouette gleich, über die verlassenen Felder, die sich braun und endlos bis zum Horizont erstreckten.

Der Chauffeur öffnete die Trennscheibe.

»Wohin soll ich Sie fahren?«

»Zum Dorfeingang... Warten Sie dort auf mich!«

Es gab nur eine einzige lange Straße und in ihrer Mitte ein Schild mit der Aufschrift: ›Evariste Heurtin, Gastwirt‹.

Als Maigret die Tür aufstieß, bimmelte eine Glocke,

aber in der mit bunten Plakaten geschmückten Gaststube war niemand zu sehen. Immerhin hing der Hut von Wachtmeister Lucas an einem Nagel.

»Hallo? Ist da jemand?«

Über seinem Kopf ertönten Schritte, doch es vergingen noch mindestens fünf Minuten, ehe endlich jemand die Treppe im hinteren Teil des Flurs herunterkam.

Maigret erblickte einen Mann, der etwa sechzig Jahre alt sein mochte, ziemlich groß war und ihn mit glasigen Augen anstarrte.

»Was wollen Sie?« rief er durch den Flur.

Und gleich darauf:

»Sind Sie auch von der Polizei?«

Die Stimme klang neutral, fast ausdruckslos. Der Mann ersparte sich weitere Worte. Mit dem Daumen deutete er die Treppe hinauf, machte kehrt, erklomm bedächtig die Stufen.

Vom oberen Stock drangen undefinierbare Geräusche herab. Die Treppe war schmal, die Wände waren weiß getüncht. Der Wirt öffnete eine Tür. Maigrets Blick fiel auf Wachtmeister Lucas, der mit gesenktem Kopf am Fenster stand und seinen Vorgesetzten nicht sofort bemerkte.

Gleichzeitig sah Maigret ein Bett, einen darüber gebeugt stehenden Mann und eine alte Frau, die in einem abgenutzten Voltaire-Sessel kauerte. Es war ein geräumiges Zimmer mit sichtbaren Deckenbalken, an den Wänden fehlte hier und dort ein Stück Tapete. Der Boden war aus Tannenholz und knarrte unter jedem Schritt.

»Schließen Sie die Tür!« rief der Mann am Bett in barschem Ton.

Es war der Arzt. Seine Tasche stand geöffnet auf dem runden Mahagonitisch. Mit verstörter Miene trat Lucas endlich näher.

»Schon da, Chef? ... Wie haben Sie das nur geschafft? ... Es ist noch keine Stunde vergangen, seitdem ich angerufen habe ...«

Auf dem Bett lag Joseph Heurtin mit nacktem Oberkörper, leichenfahler Haut, hervorstehenden Rippen. Wie ein zerbrochener Gegenstand.

Die alte Frau wimmerte unaufhörlich. Der Vater stand aufrecht am Bett, und die Leere in seinen Augen war furchterregend.

»Kommen Sie«, sagte Lucas, »ich werde Ihnen genau berichten ...«

Draußen auf dem Treppenabsatz blieb der Wachtmeister stehen, zögerte, stieß die Tür eines zweiten, noch unaufgeräumten Zimmers auf. Frauenkleider lagen herum. Das Fenster ging auf den Hof, wo Hühner im aufgeweichten Mist scharrten.

»Nun ...?«

»Ein scheußlicher Morgen, glauben Sie mir! ... Nachdem ich mit Ihnen telefoniert hatte, kam ich geradewegs hierher zurück und gab dem Gendarmen ein Zeichen, daß er gehen könne ... Was dann passiert ist, mußte ich mir selber nach und nach zusammenreimen.

Vater Heurtin war mit mir in der Gaststube. Er fragte mich, ob ich etwas essen wolle ... Ich spürte, daß er mich mißtrauisch beobachtete, vor allem als ich ihm sagte, ich würde vielleicht die Nacht über bleiben und müsse hier auf jemanden warten ...

Dann hörte man plötzlich ein Tuscheln von hinten aus der Küche, und ich sah, wie der Wirt aufhorchte.

›Bist du es, Victorine?‹ rief er.

Eine Weile blieb alles still. Dann schlurfte die Alte herein. Ihr Gesicht hatte einen sonderbaren Ausdruck. Sie sah aus wie jemand, der einen Schreck erlebt hat und sich nichts anmerken lassen will…

›Ich geh die Milch holen‹, erklärte sie.

›Wieso? Dazu ist es zu früh…‹

Trotzdem ging sie weg, in ihren Holzpantinen, ein Tuch auf dem Kopf, während ihr Mann sich auf den Weg zur Küche machte. Dort saß nur die Tochter.

Ich hörte laute Stimmen, Schluchzen, einen einzigen Satz, den ich verstehen konnte:

›Ich hätte es mir denken sollen… Man braucht ja nur deine Mutter anzusehen…‹

Mit langen Schritten überquerte er den Hof, verschwand durch die Tür, wahrscheinlich die Tür zum Schuppen, wo Joseph Heurtin sich versteckt hatte.

Er kam erst nach einer Stunde wieder heraus. Die Tochter bediente eben zwei Fuhrleute in der Gaststube.

Sie hatte gerötete Augen. Sie vermied es, uns anzusehen. Die Alte kehrte heim. Das Getuschel hinten im Haus begann von neuem.

Als der Vater hereinkam, hatte er diesen Blick, den Sie an ihm gesehen haben…

Erst im nachhinein habe ich mir dieses Kommen und Gehen erklären können… Die beiden Frauen hatten Joseph im Schuppen entdeckt und beschlossen, dem Alten nichts zu sagen.

Der merkte aber, daß irgend etwas in der Luft lag. Nachdem seine Frau das Haus verlassen hatte, stellte er die Tochter zur Rede, und die konnte den Mund nicht halten. Darauf suchte er unseren Jungen auf und erklärte ihm, er wolle ihn nicht länger im Haus haben...

Sie haben den alten Heurtin gesehen, Kommissar... Ein anständiger Mann, der sicher strenge Grundsätze hat... Inzwischen war ihm natürlich klargeworden, wer ich bin...

Trotzdem glaube ich nicht, daß er mir den Jungen ausgeliefert hätte... Vielleicht hatte er sogar beschlossen, ihm zur Flucht zu verhelfen.

Wie auch immer, gegen zehn Uhr, als ich mich eben am Fenster zum Hof niedergelassen hatte, sah ich die Alte in Strümpfen durch den Regen waten und sich der Mauer entlang bis zum Schuppen tasten.

Ein paar Sekunden später stieß sie einen markerschütternden Schrei aus... Ein grausiges Schauspiel, Chef! ... Ich traf gleichzeitig mit dem alten Heurtin dort ein, und ich schwöre Ihnen, ich hab mit eigenen Augen gesehen, wie ihm der Schweiß aus der Haut brach.

Der Junge lehnte in einer sonderbaren Haltung an der Mauer, und man mußte schon sehr genau hinsehen, um zu erkennen, daß er sich an einem Nagel aufgehängt hatte.

Der Alte besaß mehr Geistesgegenwart als ich. Er war es, der den Strick durchschnitt. Er warf seinen Sohn auf das Stroh und begann an seiner Zunge zu zerren, während er seiner Tochter zurief, sie solle einen Arzt holen...

Seither geht hier alles drunter und drüber... Sie haben ja gesehen... Mir ist die Kehle immer noch wie zugeschnürt...

In Nandy weiß niemand von dem Vorfall. Man glaubt, die alte Frau sei erkrankt…

Heurtin und ich haben den Jungen hinaufgetragen, und der Arzt knetet jetzt schon seit einer Stunde an ihm herum…

Anscheinend besteht eine Chance, daß der Junge durchkommt… Sein Vater macht den Mund nicht mehr auf… Die Tochter hatte einen Nervenzusammenbruch und ist in die Küche gesperrt worden, damit man sie nicht schreien hört…«

Eine Tür wurde geöffnet. Maigret trat ins Treppenhaus, sah, daß der Arzt sich zum Gehen anschickte.

Er begleitete ihn nach unten, hielt ihn in der Gaststube an.

»Kriminalpolizei, Doktor! Wie steht's um ihn?«

Es war ein Landarzt, und er machte aus seiner Abneigung gegen die Polizei keinen Hehl.

»Werden Sie ihn mitnehmen?« fragte er schroff.

»Ich weiß nicht… Wie ist sein Zustand?«

»Er ist gerade noch rechtzeitig losgemacht worden. Aber es wird ein paar Tage dauern, bis er wieder zu Kräften kommt… Hat er es der Santé zu verdanken, daß er so geschwächt ist? Er scheint ja keinen Tropfen Blut mehr in den Adern zu haben.«

»Ich muß Sie bitten, kein Wort darüber verlauten zu lassen.«

»Ihre Warnung ist überflüssig. Wozu gibt es das Arztgeheimnis?«

Inzwischen war auch der Vater heruntergekommen. Er beobachtete den Kommissar. Aber er stellte keine Fragen.

Mechanisch nahm er die zwei leeren Gläser von der Theke, tauchte sie ins Spülwasser.

Eine von verhaltener Furcht erfüllte Stille lastete im Raum. Das Wimmern des Mädchens drang bis zu den drei Männern. Nach einer Weile stieß Maigret einen Seufzer aus.

»Möchten Sie ihn eine Zeitlang hierbehalten?« Forschend blickte er den Alten an.

Keine Antwort.

»Leider sehe ich mich gezwungen, einen meiner Leute im Haus zurückzulassen...«

Die Augen des Wirts ruhten sekundenlang auf Lucas, senkten sich wieder auf die Theke. Eine Träne rollte über seine Wange.

»Er hat seiner Mutter hoch und heilig geschworen...«, begann er.

Er wandte den Kopf ab, unfähig, weiterzusprechen. Um seine Fassung wiederzuerlangen, goß er sich ein Glas Rum ein. Als er daran nippte, schien er ihm in der Kehle steckenzubleiben.

Maigret wandte sich an Lucas.

»Bleib hier«, sagte er nur.

Er ging nicht gleich fort. Er folgte dem Flur, fand eine Tür, die in den Innenhof führte. Durch das Küchenfenster erkannte er eine weibliche Gestalt, die sich, den Kopf in die verschränkten Arme vergraben, an die Wand lehnte.

Maigret watete um den Misthaufen herum. Die Tür zum Schuppen stand weit offen, und von einem eisernen Nagel baumelte das Ende eines Stricks.

Achselzuckend machte er kehrt, ging ins Haus zurück, fand nur noch Lucas im Café vor.

»Wo ist er?«

»Oben.«

»Hat er nichts gesagt?... Ich schicke jemand her, der dich ablöst. Ihr müßt mich zweimal täglich anrufen.«

»Du, du warst es, sag ich dir! Du hast ihn getötet«, schluchzte die alte Frau oben im ersten Stock. »Geh weg! ... Du hast ihn getötet!... Meinen Jungen!... Meinen armen kleinen Jungen!«

Die Glocke bimmelte an ihrem Draht, als Maigret die Haustür öffnete, um zu dem wartenden Taxi am Dorfeingang zurückzukehren.

8

Ein Mann im Haus

Als Maigret vor der Villa Henderson in Saint-Cloud aus dem Taxi stieg, war es wenige Minuten nach drei Uhr nachmittags. Auf der Rückfahrt von Nandy war ihm plötzlich eingefallen, daß er vergessen hatte, den Erben der Amerikanerin den Schlüssel zurückzugeben, der ihm zu Beginn seiner Untersuchung im Juli ausgehändigt worden war.

Er verfolgte kein bestimmtes Ziel. Was ihn in die Villa führte, war eher die vage Hoffnung, zufällig auf etwas zu stoßen, das er bis dahin übersehen hatte, oder durch die Atmosphäre im Haus auf eine neue Idee zu kommen.

Es war ein weitläufiges, stilloses, mit einem kitschigen Türmchen verziertes Gebäude, umgeben von einem Garten, den man kaum als Park bezeichnen konnte.

Alle Läden waren geschlossen. Auf den Gartenwegen lagen haufenweise welke Blätter.

Das Gittertor gab nach. Der Kommissar empfand ein leichtes Unbehagen in dieser trostlosen Umgebung, die eher an einen Friedhof als an eine menschliche Wohnstätte erinnerte.

Ohne jeden Elan stieg er die vier Stufen der Freitreppe empor, die von geschmacklosen Gipsstatuen flankiert war. Über dem Eingang hing eine Laterne. Er schloß die Tür auf. Seine Augen mußten sich erst an das Halbdunkel gewöhnen, das ihn im Innern umfing.

Ein unheimliches Haus, prunkvoll und schäbig zugleich. Das Erdgeschoß war seit Monsieur Hendersons Tod vor vier Jahren nicht mehr benutzt worden. Aber die Möbel und übrigen Gegenstände befanden sich zum größten Teil an ihrem angestammten Platz. Der Kristalleuchter begann sachte zu klirren, als Maigret den großen Salon betrat, und das Parkett knarrte unter seinen Füßen.

Aus reiner Neugier betätigte er den Lichtschalter. Zehn von den insgesamt zwanzig Glühbirnen flammten auf, waren aber so dicht mit Staub bedeckt, daß sie nur eine schwache Helle verbreiteten.

Die kostbaren Teppiche lagen zusammengerollt in einer Ecke. Die Sessel waren an die hintere Wand gerückt worden, und mehrere Koffer lagen in einem wirren Haufen auf dem Boden. Einer war leer. Ein anderer enthielt noch die Kleider des Toten, mit Mottenkugeln dazwischen.

Vier Jahre waren seit Hendersons Tod vergangen. Er hatte ein großes Haus geführt. Von den Empfängen, die hier im großen Salon stattgefunden hatten, pflegten die Zeitungen spaltenlang zu berichten.

Auf dem wuchtigen Kaminsims stand noch immer eine angebrochene Kiste Havannazigarren.

Die Atmosphäre im ganzen Haus hatte etwas Erdrükkendes an sich, das hier im Salon jedoch ganz besonders spürbar war.

Als Madame Henderson Witwe wurde, war sie beinahe siebzig gewesen und zu kraftlos, um sich noch einmal aufzuraffen und ein neues Leben zu beginnen.

Sie hatte sich in ihre Gemächer zurückgezogen und den Rest des Hauses seinem Schicksal überlassen.

Wahrscheinlich waren die Hendersons ein glückliches Paar gewesen. Sicher hatten sie in der Pariser Gesellschaft wie auch in den meisten anderen Hauptstädten eine glanzvolle Rolle gespielt.

Übrig geblieben war eine alte Frau, die sich mit ihrer Zofe in ihrer Villa verschanzte.

Und dann war eines Nachts auch diese alte Frau …

Maigret wanderte weiter, durch zwei andere Salons, durch einen Bankettsaal, erreichte den Fuß einer breiten Treppe mit Marmorstufen bis zum ersten Stock.

Noch das kleinste Geräusch zog in einem dumpfen Hall durch das völlig verlassene Haus.

Die Crosbys hatten nichts angerührt. Vielleicht waren sie seit dem Begräbnis ihrer Tante überhaupt nicht mehr hier gewesen.

Sie hatten die Villa so vollständig vernachlässigt, daß Maigret auf dem Treppenläufer die Kerze wiederfand, die er bei seiner ersten Untersuchung angezündet hatte.

Auf der obersten Treppenstufe hielt Maigret unvermittelt inne. Ein Unbehagen hatte ihn beschlichen, das er nicht gleich zu deuten vermochte. Er hielt den Atem an, horchte.

Hatte er nicht soeben etwas gehört? Er war nicht sicher, aber sekundenlang hatte er das bestimmte Gefühl gehabt, daß er sich nicht allein im Haus befand.

Ihm schien, daß sich irgendwo etwas regte. Mit einem Schulterzucken tat er den Eindruck ab. Doch als er die Tür vor sich aufstieß, blieb er stirnrunzelnd stehen und sog gierig die Luft ein.

Ein Geruch von Tabak wehte ihm entgegen. Aber nicht von kaltem Tabak. Jemand hatte in diesen Räumen eben noch geraucht, rauchte vielleicht noch immer…

Schnell trat er ins Zimmer, sah sich um. Er befand sich im Boudoir der Toten. Die Tür zum Schlafzimmer stand halb offen. Maigret trat über die Schwelle, doch da war niemand. Dagegen konnte er den Geruch jetzt deutlich wahrnehmen. Und zu allem Überfluß lag auf dem Boden ein Häuflein Zigarettenasche.

»Wer ist da?«

Er wünschte, er wäre nicht so aufgeregt gewesen, und er riß sich zusammen, doch es half nichts. Alles um ihn herum schien zu seiner Beklemmung beizutragen. Die Spuren des Gemetzels im Schlafzimmer waren nur notdürftig beseitigt worden. Ein Kleid, das Madame Henderson gehört haben mußte, lag noch auf dem Sofa. Die Jalousien ließen dünne Lichtstreifen ins Zimmer fallen.

Und in diesem unwirklichen Dämmerlicht schien sich jemand zu bewegen.

Denn ein Geräusch drang aus dem Badezimmer, ein Klirren wie von Metall. Maigret stürzte sich auf die Tür, sah niemanden, hörte jetzt deutlich Schritte auf der anderen Seite, wo eine Art Rumpelkammer lag.

Seine Hand tastete unwillkürlich nach dem Revolver. Er warf sich auf die Verbindungstür, lief durch die Kammer und erblickte eine Hintertreppe.

Hier war es heller, weil die Fenster zur Seine keine Jalousien hatten.

Jemand bewegte sich mit leisen Schritten die Treppe hinauf. Wieder rief der Kommissar:

»Wer ist da?«

Seine Erregung wuchs. Sollte er in einem Moment, da er es am wenigsten erwartete, endlich die ganze Wahrheit erfahren?

Er begann zu laufen. Oben fiel krachend eine Tür ins Schloß. Der Unbekannte flüchtete weiter, durchquerte wieder ein Zimmer, riß eine Tür auf, warf sie hinter sich zu.

Und Maigret holte auf. Die Räume, die als Gästezimmer gedient hatten, lagen genauso verlassen da wie die im Erdgeschoß und waren ebenfalls vollgestopft mit Möbeln und Gegenständen aller Art.

Eine Vase ging klirrend zu Bruch. Der Kommissar befürchtete jetzt nur eines: daß der Fliehende noch rechtzeitig eine Tür hinter sich zuschlagen und verriegeln konnte.

»Im Namen des Gesetzes...«, begann er aufs Geratewohl zu rufen.

Doch der Unbekannte rannte weiter. Sie hatten bereits die halbe Etage hinter sich gelassen, und Maigret berührte gerade eine Türklinke, als auf der anderen Seite der Schlüssel gedreht wurde.

»Aufmachen! Oder...«

Das Schloß schnappte zu, der Riegel wurde vorgeschoben. Maigret zögerte keine Sekunde. Er nahm Anlauf, warf sich mit der rechten Schulter gegen die Füllung.

Die Tür erbebte, gab aber nicht nach. In dem Zimmer dahinter wurde ein Fenster aufgerissen.

»Im Namen des Gesetzes...«

Ihm kam nicht in den Sinn, daß seine Anwesenheit in diesem Haus, das jetzt William Crosby gehörte, ungesetzlich war, da er keinen Hausdurchsuchungsbefehl bei sich trug. Zweimal, dreimal warf er sich gegen die Tür. Eine der Füllungen begann nachzugeben.

Er nahm einen letzten Anlauf, und im gleichen Moment fiel ein Schuß. Die Stille, die darauf folgte, war so vollkommen, daß Maigret mit halboffenem Mund stehenblieb.

»Wer ist dort? Machen Sie auf!«

Kein Laut. Nicht einmal ein Röcheln! Auch nicht das unverkennbare Klicken eines Revolvers, der neu geladen wird.

In einem Anfall von Wut rammte der Kommissar die Tür mit der vollen rechten Körperseite. Sie flog plötzlich auf, so plötzlich, daß er ins Zimmer geschleudert wurde und beinahe zu Boden stürzte.

Feuchtkalte Luft drang durch das offene Fenster herein. Draußen konnte man die beleuchteten Scheiben eines Restaurants und eine gelbe Straßenbahn erkennen.

Unten an der Wand lehnte, den Körper leicht nach links geneigt, ein Mann.

An seiner grauen Kleidung, seiner Statur konnte man William Crosby erkennen, doch sein Gesicht hätte auch Maigret kaum mehr zu identifizieren vermocht.

Denn der Amerikaner hatte sich eine Kugel in den Mund gejagt, und der halbe Kopf war weggerissen.

Langsam und mürrisch ging Maigret von Zimmer zu Zimmer, knipste überall die Schalter an. In einigen Lampen steckten keine Birnen mehr. Aber wider Erwarten funktionierten die meisten.

Schließlich war das ganze Haus bis auf ein paar dunkle Stellen von oben bis unten beleuchtet.

Auf dem Rückweg durch Madame Hendersons Schlafzimmer bemerkte der Kommissar das Telefon auf dem Nachttisch. Er nahm den Hörer ab, überzeugt, daß der Anschluß gesperrt war, doch ein Klicken zerstreute seine Befürchtungen.

Und da saß er nun auf der Kante des Bettes, in dem die alte Amerikanerin umgebracht worden war. Und unmittelbar gegenüber sah er die Tür, auf deren Schwelle die Leiche der Zofe gelegen hatte.

Und einen Stock höher, in einem halbverfallenen Raum, lag eine neue Leiche, und durch das Fenster über ihr strömte die regenfeuchte Abendluft herein.

»Hallo! ... Das Polizeipräsidium bitte!«

Unwillkürlich sprach er mit gedämpfter Stimme.

»Hallo! ... Verbinden Sie mich mit dem Chef der Kriminalpolizei ... Hier spricht Maigret ... Hallo? Chef? ... Vor wenigen Minuten hat William Crosby sich in der Villa in Saint-Cloud umgebracht ... Ich bin in der Villa, ja ... Würden Sie das Nötige veranlassen ...? Ich war in nächster Nähe, keine vier Meter von ihm entfernt, aber die Tür zwischen uns war abgesperrt ... Ich weiß ... Nein! Mehr gibt es nicht zu sagen, vielleicht später ...«

Nachdem er aufgelegt hatte, blieb er minutenlang unbeweglich sitzen und starrte vor sich hin.

Dann begann er geistesabwesend seine Pfeife zu stopfen, vergaß aber, sie anzuzünden.

Er empfand das Haus als riesigen, leeren, kalten Kasten, und er kam sich winzig und verloren darin vor.

»Die falschen Voraussetzungen ...«, murmelte er plötzlich mit halblauter Stimme.

Er hatte Lust, noch einmal nach oben zu gehen. Doch wozu? Der Amerikaner war tot, mausetot!... Seine Rechte hielt immer noch den Revolver umklammert, mit dem er sich erschossen hatte.

Maigret grinste bei dem Gedanken an Richter Coméliau, der wahrscheinlich in eben dieser Minute über die neusten Ereignisse unterrichtet wurde. Natürlich würde er es sein, der mit den Beamten und den Leuten vom Erkennungsdienst angefahren kam.

An der Wand hing ein Ölporträt von Monsieur Henderson. Er sah feierlich aus in seinem Frack mit dem Band der Ehrenlegion und den vielen Orden aus aller Herren Länder.

Der Kommissar erhob sich und betrat das angrenzende Zimmer der Zofe Elise Chatrier. Er öffnete einen Schrank, sah lauter schwarze Kleider aus Seide oder Baumwolle in Reih und Glied an ihren Bügeln hängen.

Er horchte auf die Geräusche, die von der Straße heraufdrangen, und seufzte erleichtert, als er zwei Wagen fast gleichzeitig vor dem Gartentor anhalten hörte. Dann vernahm er Stimmen im Park. In seinem wie immer hektischen Ton, dem etwas Schrilles anhaftete, sagte Monsieur Coméliau:

»Es ist einfach unbegreiflich... unentschuldbar...«

Maigret wartete oben auf der Treppe wie ein Gastgeber, der seine Besucher willkommen heißt.

»Geradeaus und die Treppe hoch!« rief er, als unten die Haustür aufging.

Noch Jahre später würde er sich an den Augenblick erinnern, da der Richter plötzlich vor ihm auftauchte, ihn mit wutentbranntem Blick und vor Entrüstung zitternden Lippen anstarrte und endlich hervorstieß:

»Ich erwarte Ihre Erklärungen, Kommissar...«

Maigret drehte sich wortlos um, führte ihn die Hintertreppe hinauf und durch die Zimmerflucht im zweiten Stock.

»Da...«

»Sie haben ihn hierherbestellt!«

»Ich wußte nicht einmal, daß er hier war. Ich wollte mir bloß Gewißheit verschaffen, daß wir kein wichtiges Indiz übersehen hatten.«

»Wo war er?«

»Im Zimmer seiner Tante vermutlich... Er ergriff die Flucht. Ich verfolgte ihn. Er rannte in dieses Zimmer und erschoß sich, als ich die Tür eindrückte.«

Der Richter machte ein Gesicht, als hielte er Maigrets Geschichte für erlogen. In Wirklichkeit war es seine Furcht vor Komplikationen, die jetzt seine Züge verzerrte.

Der Polizeiarzt untersuchte die Leiche. Die Fotoapparate klickten.

»Was ist mit Heurtin?« fragte Coméliau barsch.

»Der wandert wieder in die Santé, sobald Sie es wünschen...«

»Sie haben ihn gefunden?«

Maigret zuckte die Schultern.

»Also dann sofort, ja?«

»Zu Befehl, Herr Richter.«

»Ist das alles, was Sie mir zu sagen haben?«

»Vorläufig ja.«

»Sie glauben nach wie vor, daß –«

»Daß Heurtin nicht der Mörder ist? Keine Ahnung! Ich bat Sie um eine Frist von zehn Tagen. Heute ist erst der vierte…«

»Wohin gehen Sie jetzt?«

»Das weiß ich noch nicht…«

Maigret vergrub die Hände tief in die Taschen seines Überziehers, beobachtete eine Weile das Kommen und Gehen der Gerichtsbeamten, stapfte unvermittelt die Treppe hinunter in Madame Hendersons Schlafzimmer und nahm den Hörer von der Gabel.

»Hallo!… Hôtel George-V?… Hallo! Ist Madame Crosby dort, bitte?… Wie? Im Teesalon?… Ich danke Ihnen… Nein, bestellen Sie ihr nichts.«

Monsieur Coméliau war ihm gefolgt. Er stand in der Tür und beobachtete ihn mit unnachgiebiger Strenge.

»Da sehen Sie, welche Komplikationen…«

Maigret setzte wortlos den Hut auf und ging mit einem trockenen Gruß. Das Taxi, das ihn hergebracht hatte, war wieder weggefahren, und er mußte bis zur Brücke von Saint-Cloud marschieren, ehe er ein anderes fand.

Gedämpfte Musik. Paare, die sich in schleppendem Rhythmus über das Parkett bewegten. Hübsche Frauen an den Tischen, Ausländerinnen vor allem. Ein anmutiges Bild im diskreten Teesalon des ›Hôtel George-V‹.

Nur widerstrebend hatte Maigret seinen Überzieher in der Garderobe abgegeben. Jetzt näherte er sich dem Tisch, an dem er Madame Crosby und Edna Reichberg erblickt hatte.

Sie befanden sich in Gesellschaft eines jungen Mannes,

der skandinavisch aussah und ihnen offenbar heitere Anekdoten erzählte, denn sie lachten ununterbrochen.

»Madame Crosby...«, sagte der Kommissar mit einer leichten Verbeugung.

Verwundert blickte sie auf, dann sah sie ihre Begleiter an, und ihre ratlose Miene verriet, daß sie sich die unvermutete Störung nicht erklären konnte.

»Bitte?«

»Kann ich Sie einen Augenblick sprechen?«

»Jetzt? ... Was soll –?«

Doch sein Gesicht war so ernst, daß sie sich erhob, suchend um sich blickte.

»Gehen wir in die Bar... Um diese Zeit ist sie leer...«

Tatsächlich war dort niemand zu sehen. Sie blieben stehen.

»Wußten Sie, daß Ihr Gatte heute nachmittag nach Saint-Cloud zu fahren gedachte?«

»Ich verstehe nicht... Er ist ein freier Mensch und kann tun, was –«

»Ich frage Sie, ob er Ihnen gesagt hat, daß er einen Besuch in der Villa plante...«

»Nein.«

»Waren Sie beide einmal dort, seitdem –«

Sie schüttelte verneinend den Kopf.

»Nie! Es ist zu traurig...«

»Ihr Mann ist heute allein hinausgefahren...«

Wachsende Besorgnis malte sich in ihren Zügen, während sie ungeduldig in der Miene des Kommissars forschte.

»Nun, und?«

»Ihm ist etwas zugestoßen.«

»Ein Unfall mit dem Wagen, nicht wahr? Ich war sicher, daß ...«

Hinter ihr tauchte Edna auf, sichtlich von Neugier getrieben, tat aber so, als vermisse sie ihre Handtasche.

»Nein, Madame ... Ihr Gatte hat einen Selbstmordversuch unternommen ...«

Die Augen der jungen Frau weiteten sich vor ungläubigem Staunen. Sekundenlang schien sie im Begriff zu sein, in Gelächter auszubrechen.

»William?«

»Er hat sich mit dem Revolver in ...«

Zwei Hände packten Maigrets Arme mit fahrigem Griff, und in wirrem Englisch bestürmte Madame Crosby ihn mit Fragen. Dann, plötzlich, befiel sie ein Zittern. Sie ließ den Kommissar los, wich einen Schritt zurück.

»Ich muß Ihnen leider mitteilen, Madame, daß Ihr Gatte vor zwei Stunden in der Villa in Saint-Cloud gestorben ist ...«

Sie beachtete ihn nicht mehr. Ohne Edna und ihren Begleiter anzusehen, lief sie durch den Teesalon in die Hotelhalle und von dort auf die Straße, ohne Tasche.

»Taxi?« rief der Portier ihr nach.

Aber sie saß bereits in einem Wagen, warf dem Fahrer zu:

»Nach Saint-Cloud! Schnell!«

Maigret machte keine Anstalten, ihr zu folgen. Er holte seinen Mantel in der Garderobe, und da eben ein Autobus in Richtung Cité vorbeifuhr, sprang er auf.

»Hat jemand am Telefon nach mir verlangt?« erkundigte er sich beim Bürodiener.

»Gegen zwei Uhr ... Eine Notiz liegt auf Ihrem Schreibtisch.«

Die Notiz besagte:

Meldung von Inspektor Janvier an Kommissar Maigret: Anprobe beim Schneider. Mittagessen im Restaurant Boulevard Montparnasse. Um zwei trinkt Radek seinen Kaffee im ›Coupole‹. Hat zweimal telefoniert.

Und seit zwei Uhr nachmittags?

Maigret schloß die Tür seines Büros ab und ließ sich in seinen Sessel fallen. Er staunte sehr, als er mit einem Ruck aufwachte und sah, daß seine Uhr halb elf anzeigte.

»Hat jemand angerufen?«

»Ach, Sie waren die ganze Zeit über hier? Ich dachte, Sie seien weggegangen! Richter Coméliau hat zweimal angerufen.«

»Und Janvier?«

»Nein.«

Eine halbe Stunde später betrat Maigret die Bar des ›Coupole‹, wo er sich vergeblich nach Radek und Janvier umsah. Er nahm den Barmixer beiseite.

»War der Tscheche wieder hier?«

»Den ganzen Nachmittag, ja, zusammen mit Ihrem Freund... Ich meine den jungen Mann im Regenmantel...«

»Saßen sie am gleichen Tisch?«

»In der Ecke dort. Jeder hat mindestens vier Whisky getrunken.«

»Wann sind sie weggegangen?«

»Sie haben zuerst noch in der Brasserie zu Abend gegessen.«

»Zusammen?«

»Ja... Ich schätze, sie sind gegen zehn Uhr aufgebrochen.«

»Sie wissen nicht, wohin sie gegangen sind?«

»Fragen Sie den Boy. Er hat ein Taxi vorfahren lassen.«

Der Boy erinnerte sich.

»Richtig. Es war dieses blaue Taxi, das immer hier an der Ecke steht... Sie können nicht weit gefahren sein, denn es ist schon wieder da.«

Und der Chauffeur bestätigte gleich darauf:

»Die beiden Herren? Ja, die hab ich zum ›Pélican‹ gefahren, in der Rue des Ecoles.«

»Bringen Sie mich hin!«

In denkbar schlechter Laune betrat Maigret das Pélican, schnauzte erst den livrierten Boy, dann den Kellner an, der ihn an einen Tisch im Nachtklub lotsen wollte.

Im Gewimmel von Halbweltdamen und Nachtschwärmern an der Bar entdeckte er die beiden Männer, die er suchte. Sie saßen hinten in einer Ecke auf ihren Barhockern.

Er brauchte nur einen Blick auf Janviers glänzende Augen und sein gerötetes Gesicht zu werfen, um zu wissen, was los war. Radek dagegen wirkte eher düster und stierte in sein Glas.

Maigret schritt geradewegs auf die beiden zu, unbekümmert um die Gesten, mit denen der offensichtlich betrunkene junge Inspektor ihm zu bedeuten versuchte:

›Schon gut! ... Lassen Sie mich nur machen! ... Zeigen Sie sich besser nicht!‹

Der Kommissar ließ sich neben den beiden Männern nieder. Der Tscheche lallte mit schwerer Zunge.

»Ach, schau her! Sie sind wieder da!«

Janvier versuchte sich nach wie vor in einer Zeichensprache, die er wohl für ebenso diskret wie vielsagend hielt.

»Was trinken Sie, Kommissar?«

»Hören Sie, Radek...«

»Barmann! Dasselbe für Monsieur...«

Der Tscheche stürzte das Mischgetränk, vor dem er saß, hinunter und seufzte:

»Ich höre... Hörst du auch, Janvier, ja?«

Er stieß den Inspektor in die Rippen.

»Sind Sie lange nicht mehr in Saint-Cloud gewesen?« fragte Maigret mit Nachdruck.

»Ich? ... Haha! Sie Spaßvogel! –«

»Wissen Sie, daß man eine weitere Leiche gefunden hat?«

»Da machen die Totengräber ja gute Geschäfte... Auf Ihr Wohl, Kommissar!«

Es war nicht gespielt. Er war zwar nicht ganz so betrunken wie Janvier, aber doch betrunken genug, um sich krampfhaft und mit glasigen Augen an der Bar festhalten zu müssen.

»Wer ist der Glückspilz?«

»William Crosby...«

Während einiger Sekunden schien Radek gegen seine Trunkenheit anzukämpfen, als hätte er plötzlich den Ernst dieses Augenblicks erfaßt.

Dann warf er sich mit einem Ruck nach hinten und bedeutete dem Barmixer unter schallendem Gelächter, die Gläser neu zu füllen.

»Tja, da haben Sie eben Pech gehabt...«

»Inwiefern?«

»Insofern als Sie nicht begreifen, alter Freund! Und zwar weniger denn je. Ich hab es Ihnen schon immer gesagt. Und jetzt mach ich Ihnen einen guten Vorschlag... Janvier und ich, wir sind uns schon einig geworden... Sie lassen mich beschatten... Schön! Mir persönlich ist das schnuppe.

Aber ich fände es gescheiter, wenn wir gemeinsam durch die Gegend bummelten, anstatt wie zwei Idioten hintereinander her zu laufen und Verstecken zu spielen... Haben Sie schon zu Abend gegessen? ... Also, gut! Da man bekanntlich nie weiß, was einen morgen erwartet, schlage ich vor, daß wir heute einmal so richtig auf den Putz hauen... Hier wimmelt es von hübschen Frauen... Jeder von uns sucht sich eine aus... Janvier hat bereits mit der kleinen Dunkelhaarigen dort drüben angebändelt. Ich bin noch nicht soweit... Aber ich bin es, der heute bezahlt, klar?

Nun, was halten Sie davon?«

Er beobachtete den Kommissar. Maigrets Augen ruhten forschend auf seinem Gesicht – und konnten keine Spur von Trunkenheit mehr darin erkennen.

Hellwacher Verstand blitzte ihm aus diesen Pupillen entgegen und gleichzeitig unverhohlener Spott. Eine geradezu unbändige Freude schien von Radek Besitz ergriffen zu haben.

9

Am Morgen danach

Es war acht Uhr früh. Maigret hatte sich von Radek und Janvier erst vor vier Stunden getrennt. Jetzt trank er schwarzen Kaffee, während er bedächtig in dicken, eng aneinandergereihten Buchstaben notierte:

7. Juli – Um Mitternacht trinkt Joseph Heurtin im ›Pavillon-Bleu‹ in Saint-Cloud vier Gläser Schnaps und läßt eine Bahnfahrkarte dritter Klasse zu Boden fallen.

Um zwei Uhr dreißig werden Madame Henderson und ihre Zofe durch Messerstiche getötet, die vom Mörder hinterlassenen Spuren stammen von Heurtin.

Um vier Uhr kehrt dieser in sein Zimmer an der Rue Monsieur-le-Prince zurück.

8. Juli – Heurtin geht wie gewohnt zur Arbeit.

9. Juli – Aufgrund seiner Schuhabdrücke wird er bei seinem Arbeitgeber an der Rue de Sèvres verhaftet. Er leugnet nicht, daß er nach Saint-Cloud gefahren ist. Er erklärt, er habe niemanden getötet.

2. Oktober – Joseph Heurtin wird zum Tode verurteilt. Er bestreitet nach wie vor seine Schuld.

15. Oktober – Nach einem von der Polizei ausgearbeiteten Fluchtplan entweicht er aus der Santé, irrt die ganze Nacht durch Paris, landet im ›Citanguette‹, wo er sich unverzüglich schlafen legt.

16. Oktober – Die Morgenzeitungen veröffentlichen kommentarlos die Meldung von Heurtins Flucht.

Um zehn Uhr setzt ein Unbekannter in der Bar des ›Coupole‹ einen Brief an den *Sifflet* auf, der Einzelheiten über die polizeiliche Mithilfe bei dieser Flucht enthüllt. Der Betreffende ist Ausländer, schreibt absichtlich mit der linken Hand und leidet vermutlich an einer unheilbaren Krankheit.

Um sechs Uhr abends steht Heurtin auf. Inspektor Dufour will ihm die Zeitung entreißen, die er in der Hand hält, und wird mit einer Wasserflasche zu Boden geschlagen. Heurtin macht sich die entstandene Verwirrung zunutze, zertrümmert die Lampe und flieht, während der Inspektor in seiner Panik einen Schuß auf ihn abgibt, der ihn jedoch verfehlt.

17. Oktober – Um die Mittagszeit treffen sich William Crosby, seine Frau und Edna Reichberg zum Aperitif in der Bar des ›Coupole‹, wo sie als Stammgäste verkehren. Der Tscheche Radek sitzt an einem Tisch bei einem Café crème und einem Joghurt. Die Crosbys und Radek scheinen sich nicht zu kennen.

Draußen vor der Tür wartet, erschöpft und halb verhungert, Joseph Heurtin.

Die Crosbys verlassen das Lokal. Heurtin reagiert nicht darauf.

Er wartet immer weiter, *auch als nur noch Radek in der Bar sitzt.*

Um fünf Uhr läßt der Tscheche Kaviar bringen, weigert sich zu bezahlen und verläßt die Bar in Begleitung von zwei Polizisten. Sowie er verschwunden ist, gibt Heurtin seinen

Beobachtungsposten auf und macht sich auf den Weg nach Nandy, wo seine Eltern wohnen.

Am gleichen Abend, gegen neun Uhr, wechselt Crosby im Büro des ›Hôtel George-V‹ einen Hundert-Dollar-Schein gegen französische Francs und steckt das Geld in die Tasche.

Er nimmt mit seiner Frau an einer Wohltätigkeits-Soiree im ›Ritz‹ teil, kehrt gegen drei Uhr früh ins Hotel zurück und verläßt seine Suite nicht mehr.

18. Oktober – In Nandy hat Heurtin sich in einen Schuppen geschlichen, wo seine Mutter ihn findet und versteckt hält.

Um neun Uhr schöpft sein Vater Verdacht. Er entdeckt ihn im Schuppen und befiehlt ihm, bei Einbruch der Nacht zu verschwinden.

Um zehn Uhr versucht Heurtin sich in diesem Schuppen zu erhängen.

Mittlerweile hat der Polizeikommissar von Paris-Montparnasse Radek wieder auf freien Fuß gesetzt, und zwar um sieben Uhr früh. Mittels einer Finte gelingt es diesem, seinen Verfolger, Inspektor Janvier, abzuschütteln. Er rasiert sich und wechselt irgendwo sein Hemd, obgleich er keinen Centime in der Tasche hat.

Um zehn Uhr betritt er ostentativ die Bar des ›Coupole‹, weist einen Tausend-Franc-Schein vor und läßt sich in seiner Stammecke nieder.

Kurz danach gewahrt er Maigret, bittet ihn an seinen Tisch, lädt ihn zu Kaviar ein, spricht unaufgefordert vom Fall Henderson und behauptet, die Polizei werde die Wahrheit nie herausfinden.

Und dabei hat die Polizei den Namen Henderson in seiner Gegenwart nie erwähnt.

Ohne ersichtlichen Grund wirft er zehn Banknotenbündel auf den Tisch, lauter Hundert-Franc-Scheine, wobei er ausdrücklich betont, daß es sich um neue und deshalb leicht identifizierbare Scheine handelt.

William Crosby hat seit seiner Rückkehr um drei Uhr früh *sein Zimmer nicht verlassen.* Und doch sind Radeks Scheine dieselben, die Crosby vom Angestellten des ›Hôtel George-V‹ am Vorabend im Tausch gegen seine hundert Dollar ausgehändigt worden sind.

Inspektor Janvier bleibt im Coupole, um Radek zu überwachen. Nach dem Mittagessen lädt ihn der Tscheche zu einem Drink ein *und führt zwei Telefongespräche.*

Um vier Uhr hält sich ein Mann in der Villa in Saint-Cloud auf, die seit dem Begräbnis von Madame Henderson und ihrer Zofe leer gestanden hat. Es ist William Crosby. Er befindet sich im ersten Stock, als er Schritte im Garten hört. Durch das Fenster muß er Maigret erkannt haben.

Er versteckt sich. Er flieht vor Maigret, der ihn verfolgt. Er flüchtet sich in den zweiten Stock. Dort wird er von einem Raum in den andern gedrängt, sieht sich in einem Zimmer, das keinen Ausgang hat, in die Enge getrieben, reißt das Fenster auf, erkennt, daß ihm jeder Fluchtweg abgeschnitten ist, und schießt sich in den Mund.

Madame Crosby und Edna Reichberg unterhalten sich derweil beim Thé dansant im ›Hôtel George-V‹.

Radek hat Inspektor Janvier erst zum Abendessen, dann zu weiteren Drinks in ein Nachtlokal im Quartier Latin eingeladen.

Beide sind betrunken, als Maigret gegen elf Uhr abends zu ihnen stößt. Danach schleppt Radek seine Begleiter von einer Bar zur andern, animiert sie zum Trinken, trinkt selbst eine Menge, gibt sich bald betrunken, bald nüchtern, macht bewußt rätselhafte Andeutungen und erklärt immer wieder, die Polizei werde den Fall Henderson niemals lösen.

Um vier Uhr hat er zwei Frauen an seinen Tisch geholt. Er besteht darauf, daß seine Begleiter seinem Beispiel folgen, und da sie dies ablehnen, nimmt er die Mädchen mit in ein Hotel am Boulevard Saint-Germain.

19. Oktober – Um acht Uhr morgens bestätigt das Hotelbüro am Telefon:

›Die beiden Damen schlafen noch. Ihr Freund ist soeben weggegangen. Er hat alles bezahlt.‹«

Maigret wurde von einer Mattigkeit übermannt, wie er sie noch selten im Lauf einer Untersuchung empfunden hatte. Zerstreut betrachtete er die Zeilen, die er soeben geschrieben hatte, schüttelte einem eintretenden Kollegen die Hand, bat ihn mit einer stummen Geste, ihn allein zu lassen.

Am Blattrand notierte er: »Feststellen, wie und wo William Crosby am 18. Oktober die Zeit von elf Uhr morgens bis vier Uhr nachmittags verbracht hat.«

In einem plötzlichen Entschluß nahm er den Hörer auf und verlangte das ›Coupole‹.

»Ich möchte wissen, seit wann bei Ihnen keine Briefe mehr eingegangen sind, die auf den Namen Radek lauten.«

Die Antwort erfolgte fünf Minuten später.

»Seit mindestens zehn Tagen...«

Darauf ließ er sich die Pension geben, wo der Tscheche sich eingemietet hatte.

»Seit ungefähr einer Woche«, antwortete man ihm dort auf die gleiche Frage.

Mit der freien Hand zog er ein Telefonbuch heran, sah die Liste der Postämter durch und ließ sich mit dem Amt am Boulevard Raspail verbinden.

»Gibt es unter den Leuten, die bei Ihnen regelmäßig ihre postlagernden Briefe abholen, einen gewissen Radek? ... Nein?... Meines Wissens benutzt er Initialen als Anschrift... Hier spricht die Polizei... Hören Sie, Mademoiselle... Der Mann ist Ausländer, ziemlich schäbig gekleidet. Er hat rotes Haar, sehr lang und kraus... Wie bitte? ... Die Initialen M. V.? ... Wann ist der letzte Brief für ihn angekommen?... Ja, fragen Sie, ich warte solange... Bitte nicht unterbrechen...«

Es wurde an seine Tür geklopft.

»Herein!« rief er, ohne sich umzudrehen.

»Hallo, ja?... Wie?... Gestern morgen um zirka neun Uhr?... Und der Brief kam mit der Post?... Danke... Verzeihung, noch etwas... Er war ziemlich dick, nicht wahr, wie wenn er Geld enthielte...«

»Nicht schlecht!« ertönte eine Stimme hinter Maigret.

Er drehte sich um. Vor ihm stand der Tscheche, er sah mitgenommen aus, aber in seinen Augen glühte ein kaum wahrnehmbarer Funke. Er setzte sich, während er weitersprach:

»Das war allerdings kindisch von mir... Jetzt wissen Sie also, daß ich gestern auf dem Postamt am Boulevard Raspail Geld in Empfang genommen habe. Dieses Geld befand sich am Abend zuvor in der Tasche des armen Crosby. Aber hat Crosby es selbst geschickt? Das ist die entscheidende Frage…«

»Hat der Bürodiener Sie denn vorbeigelassen?«

»Er war mit einer Dame beschäftigt. Ich tat, als gehörte ich zur Firma, und dann sah ich Ihr Schildchen an einer Tür… So einfach war das! Und das in den Büros der hohen Polizei!«

Maigret fiel auf, wie erschöpft er aussah, nicht wie ein Mann, der eine schlaflose Nacht hinter sich hat, eher wie ein Kranker nach einem Anfall. Er hatte Ringe unter den Augen. Seine Lippen waren blutleer.

»Haben Sie mir etwas zu sagen?«

»Ich weiß nicht… In erster Linie wollte ich mich nach Ihrem Befinden erkundigen. Sind Sie letzte Nacht gut nach Hause gekommen?«

»Danke.«

Von seinem Platz aus konnte Radek das Memorandum sehen, das der Kommissar verfaßt hatte, um seine Gedanken zu ordnen, und ein flüchtiges Lächeln huschte über sein Gesicht.

»Ist Ihnen der Fall Taylor ein Begriff?« fragte er unvermittelt. »Aber wahrscheinlich lesen Sie keine amerikanischen Zeitungen… Der berühmte Hollywood-Regisseur Desmond Taylor wurde 1922 ermordet. Ein gutes Dutzend Filmstars, darunter mehrere schöne Frauen, wurden der Tat verdächtigt – und allesamt wieder auf freien Fuß gesetzt… Und wissen Sie, was man heute, nach so vielen Jahren, in der Zeitung lesen kann?… Ich zitiere aus dem Gedächtnis, und ich habe ein ausgezeichnetes Gedächtnis:

›Von Beginn ihrer Ermittlungen an hat die Polizei gewußt, wer Taylor ermordet hat. Aber die Beweise, über die sie verfügt, sind so unvollständig und so wenig stichhaltig, daß der Täter, auch wenn er sich freiwillig stellte, gezwungen wäre, glaubwürdige Beweise und Zeugen beizubringen, um sein eigenes Geständnis zu untermauern.‹«

Verwundert betrachtete Maigret sein Gegenüber. Der Tscheche legte die Beine übereinander, zündete sich eine Zigarette an und fuhr fort:

»Wohlbemerkt, es war der Polizeichef persönlich, der das sagte... Vor ungefähr einem Jahr... Ich erinnere mich wörtlich... Und *Taylors Mörder ist natürlich nie verhaftet worden.*«

Der Kommissar lehnte sich scheinbar gelangweilt zurück, legte die Füße auf den Schreibtisch und wartete mit der ausdrucklosen Miene eines Mannes, der zwar Zeit hat, aber nicht sehr interessiert zuhört.

»Haben Sie sich übrigens endlich entschlossen, sich über William Crosby zu erkundigen?... Damals nach dem Mord hat die Polizei entweder nicht daran gedacht oder es nicht gewagt –«

»Haben Sie mir denn irgendwelche Informationen anzubieten?« Maigret bewegte kaum die Lippen.

»Wenn Sie wollen! In Montparnasse könnte Ihnen jedermann Auskunft geben... Zum ersten hatte er beim Tod seiner Tante über sechshunderttausend Franc Schulden. Sogar Bob vom ›Coupole‹ lieh ihm Geld. In reichen Familien ist es ja oft so. Er war Hendersons Neffe und selber doch nie wirklich reich. Ein anderer Onkel ist Milliardär. Ein Vetter sitzt im Aufsichtsrat der größten amerikanischen Bank. Aber sein eigener Vater hat vor zehn Jahren sein ganzes Vermögen verloren, verstehen Sie? … Kurz und gut, er war der arme Verwandte.

Zu allem Übel haben alle seine Onkel und Tanten eigene Kinder, mit Ausnahme der Hendersons …

So hat er denn nur noch darauf gewartet, daß der Alte und nach ihm auch Madame Henderson das Zeitliche segnen. Sie waren beide um die Siebzig …

Verzeihung, sagten Sie etwas? –«

»Nein!«

Maigrets Schweigen brachte den Tschechen spürbar aus der Fassung.

»Sie wissen so gut wie ich, daß man in Paris sehr wohl ohne Geld leben kann, sofern man einen einigermaßen berühmten Namen trägt … Abgesehen davon, war Crosby ein reizender Junge. Er hat nie gearbeitet, müssen Sie wissen. Er schäumte über vor Lebenslust … Wie ein großes Kind, das sich an den guten Dingen dieses Lebens freut und sie alle genießen will.

Insbesondere die Frauen! Es hatte nichts Böswilliges! Sie haben Madame Crosby gesehen … Er liebte sie sehr.

Aber trotzdem … Glücklicherweise gibt es unter den Eingeweihten in solchen Fällen so etwas wie eine Verschwörung. Ich hab mit eigenen Augen gesehen, wie sie zusammen im ›Coupole‹ ihren Aperitif tranken und wie eine junge Frau, die in der Nähe saß, William ein Zeichen gab, worauf dieser aufstand und sagte: ›Du entschuldigst mich? Ich hab noch eine Kleinigkeit zu besorgen …‹ Und jeder wußte, daß er die nächste halbe Stunde im erstbesten Hotel an der Rue Delambre verbringen würde.

Nicht nur einmal! Hundertmal!... Natürlich war auch Edna Reichberg seine Mätresse. Dabei saß sie die ganze Zeit mit Madame Crosby zusammen, war furchtbar nett mit ihr und alles... Und so gab es noch eine Menge! Er konnte nie nein sagen. Ich glaube, er liebte sie alle...«

Maigret gähnte, reckte sich.

»Es gab Tage, da wußte er nicht einmal, wie er sein Taxi bezahlen sollte, und gleichzeitig spendierte er eine Runde Cocktails für fünfzehn Leute, die er kaum kannte... Und wie er lachen konnte! Ich habe ihn nie anders als sorglos gesehen... Sie müssen sich Crosby als einen Menschen vorstellen, dem die Lebensfreude schon in die Wiege gelegt worden ist, einen, den jedermann gern hat und der selber alle Menschen mag, dem man alles verzeiht, sogar Dinge, die man keinem andern verzeihen würde! Einer, dem einfach alles gelingt!... Sie sind kein Spieler?... Dann wissen Sie nicht, was es heißt, wenn Ihr Partner eine Sieben zieht, und Sie drehen Ihre Karte um und haben eine Acht? ... Das nächste Mal zieht er eine Acht und Sie eine Neun. Jedesmal! Wie in einem Traum, wie jenseits aller armseligen Realität.

Das war Crosby...

Als er seine fünfzehn oder sechzehn Millionen erbte, war es immer noch eine zuwenig, denn meines Wissens hatte er die Unterschrift einiger berühmter Mitglieder seiner Familie gefälscht, um seine Schulden zu bezahlen...«

»Er hat sich umgebracht«, bemerkte Maigret trocken.

Der Tscheche antwortete mit einem lautlosen, undefinierbaren Lachen. Er stand auf, warf seinen Zigarettenstummel in den Ofen, kehrte an seinen Platz zurück.

»Er hat sich *erst gestern* umgebracht«, erwiderte er vieldeutig.

»Hören Sie, Radek...«

Maigrets Stimme klang plötzlich hart. Der Kommissar war aufgestanden, musterte Radek von oben bis unten.

Eine fast beängstigende Stille trat ein. Nach einer Weile fuhr Maigret fort:

»Was zum Teufel haben Sie eigentlich hier zu suchen?«

»Ich wollte mit Ihnen plaudern... Oder, wenn Sie das lieber hören, Ihnen einen Gefallen erweisen... Geben Sie zu, es hätte Sie eine Menge Zeit gekostet, wenn Sie sich die Auskünfte, die ich Ihnen über Crosby gegeben habe, selber hätten beschaffen müssen... Brauchen Sie noch weitere, ebenfalls authentische Informationen?

Die kleine Reichberg haben Sie ja gesehen. Sie ist zwanzig. Außerdem ist sie ein Jahr Williams Geliebte gewesen, hat ihre Zeit mit Madame Crosby verbracht, ihr schöngetan, sie angehimmelt. Dabei war es zwischen ihr und ihrem Geliebten längst beschlossene Sache, daß Crosby sich scheiden lassen und sie heiraten würde...

Aber eben, um die Tochter des reichen Industriellen Reichberg heiraten zu können, brauchte William Geld, viel Geld...

Wollen Sie noch mehr hören?... Von Bob zum Beispiel, dem Chefbarmann im Coupole?... Sie haben ihn in seinem weißen Jackett gesehen, eine Serviette in der Hand. Was Sie nicht wissen, ist, daß er zwischen vier- und fünfhunderttausend Franc im Jahr verdient, daß er in Versailles eine prunkvolle Villa besitzt, ebenso einen Luxuswagen... Verstehen Sie? Das alles mit Hilfe von Trinkgeldern!«

Radek geriet in Eifer. Seine Stimme bekam etwas Unnatürliches, Schepperndes.

»In all der Zeit verdiente Joseph Heurtin ganze sechshundert Franc im Monat, indem er sich jeden Tag zehn, zwölf Stunden lang mit seinem Dreirad durch den Pariser Stadtverkehr quälte –«

»Und Sie?« fiel ihm Maigret jäh ins Wort, während sein Blick sich in die Augen des Tschechen bohrte.

»Ich? Ach Gott…«

Sie schwiegen beide. Maigret begann mit langen Schritten im Büro umherzuwandern, blieb nur einmal stehen, um das Feuer im Ofen zu schüren, während Radek sich eine neue Zigarette anzündete.

Die Situation war eigenartig. Was mochte Radek mit seinem Besuch bezwecken? Schwer zu sagen. Er schien es auch gar nicht eilig zu haben. Man hatte eher den Eindruck, daß er auf etwas wartete.

Maigret dachte nicht daran, seine Neugier zu befriedigen, indem er ihm Fragen stellte. Abgesehen davon, welche Fragen hätte er ihm denn schon stellen wollen?

Radek sprach als erster wieder. Besser gesagt, er flüsterte:

»Ein schönes Verbrechen!… Ich meine den Mord an diesem Desmond Taylor, diesem Filmregisseur… Er befand sich allein in seinem Hotelzimmer. Eine junge Schauspielerin besuchte ihn. Nach ihr hat ihn niemand mehr gesehen… Verstehen Sie?… Dagegen bemerkt ein Zeuge, wie die Schauspielerin sein Zimmer verläßt, ohne daß er sie zur Tür begleitet hätte. Und doch hat nicht sie ihn getötet.«

Er saß auf dem Stuhl, den Maigret seinen Besuchern anzubieten pflegte, und das Licht fiel voll auf sein Gesicht. Es war ein grelles kaltes Licht.

Und das Gesicht des Tschechen wirkte interessanter denn je! Er hatte eine hohe, höckerige, von ungezählten Runzeln durchfurchte Stirn, die ihn dennoch nicht älter aussehen ließ.

Der rote Haarschopf verlieh ihm etwas Fremdartiges, Bohemehaftes, das durch das dunkle Hemd mit dem angenähten weiten Kragen und das Fehlen einer Krawatte noch betont wurde.

Radek war nicht mager, und doch sah er kränklich aus, vielleicht weil seine Züge irgendwie schwammig wirkten. Auch die aufgeworfenen Lippen hatten etwas Ungesundes.

Seine Erregung äußerte sich auf eine eigentümliche Art, die einen Psychologen fasziniert hätte. Kein Muskel bewegte sich in seinem Gesicht, aber seine Pupillen glühten bisweilen plötzlich auf, wie durchzuckt von einem Stromstoß, und sein Blick wurde unangenehm stechend.

»Was wird aus Heurtin?« fragte er in die seit Minuten währende Stille hinein.

»Er wird geköpft«, knurrte Maigret, der mit den Händen in den Hosentaschen vor ihm stand.

Da war er, der Stromstoß. Radek stieß ein krächzendes Lachen aus.

»Aber natürlich! Einer, der bloß sechshundert Franc im Monat verdient... Apropos, was wetten wir, daß die beiden Damen in tiefstem Schwarz an Crosbys Begräbnis teilnehmen und sich weinend in den Armen liegen werden?... Ich spreche jetzt von Madame Crosby und Edna... Sind Sie übrigens sicher, Kommissar, daß Crosby Selbstmord begangen hat?«

Er lachte unerwartet. Alles, was er tat, war unerwartet. Schon gar dieser Besuch...

»Wie leicht läßt sich ein Verbrechen als Selbstmord tarnen!... Ja, hätte ich mich zu dem fraglichen Zeitpunkt nicht in Gesellschaft dieses reizenden jungen Janvier befunden, ich hätte mich schuldig bekannt, nur um zu sehen, was Sie tun würden... Haben Sie eine Frau?«

»Was geht Sie das an?«

»Nichts... Sie haben Glück! Eine Frau! Eine mittelmäßige Existenz! Die Zufriedenheit nach getaner Pflicht. Am Sonntag gehen Sie vermutlich fischen. Oder Sie spielen Billard... Ich persönlich finde das bewundernswert. Nur, man muß eben schon früh damit anfangen! Man muß einen Vater haben, der nach festen Grundsätzen lebt und der ebenfalls Billard spielt...«

»Wo haben Sie Joseph Heurtin kennengelernt?«

Maigret hatte die unvermittelt hingeworfene Frage für einen geschickten Schachzug gehalten. Er hatte noch nicht zu Ende gesprochen, als er es auch schon bereute.

»Wo ich ihn kennengelernt habe?... Aus den Zeitungen. Wie jeder andere auch... Es sei denn... Gott, wie ist das Leben doch kompliziert! Wenn ich denke, daß Sie hier sitzen, mir widerwillig zuhören, mich beobachten und nicht klug werden aus mir, und bei alledem stehen Ihre Stellung, Ihre sonntäglichen Anglerfreuden oder Ihr Billard auf dem Spiel... Und das in Ihrem Alter! Nach zwanzig Jahren treuen Dienstes. Nur weil Sie einmal im Leben das Pech gehabt haben, sich etwas einfallen zu lassen und daran festzuhalten. In einer genialischen Anwandlung sozusagen… Als ob einem Genialität nicht schon in die Wiege gelegt würde! Denn damit fängt man nicht erst mit fünfundvierzig an… Sie sind doch fünfundvierzig, nicht wahr?

Sie hätten Heurtin hinrichten lassen sollen… Sie wären befördert worden… Was verdient man eigentlich als Kommissar bei der Kriminalpolizei?… Zweitausend? Dreitausend?… Halb soviel, wie ein Crosby für Cocktails ausgab. Wenn das nicht noch übertrieben ist… Wie werden Sie übrigens Crosbys Selbstmord erklären?… Eine Liebesaffäre? … Böse Zungen werden seinen Revolverschuß mit Heurtins Flucht aus dem Gefängnis in Zusammenhang bringen. Und alle Crosbys, Hendersons, Vettern und Großvettern, die drüben in Amerika Rang und Namen haben, werden die Pariser Polizei mit Telegrammen überschwemmen, damit die Affäre nicht ans Licht der Öffentlichkeit gezerrt wird…

Ich an Ihrer Stelle, Kommissar…«

Auch er erhob sich jetzt, drückte seine Zigarette auf seiner Schuhsohle aus.

»Also ich würde ein Ablenkungsmanöver inszenieren… Sehen Sie, ich würde zum Beispiel einen Mann verhaften, für den sich niemand auf diplomatischem Weg einsetzte. Einen Mann wie Radek, dessen Mutter sich in einer tschechischen Kleinstadt als Dienstmädchen verdingte… Weiß man in Paris überhaupt, wo das ist, die Tschechoslowakei –?«

Er versuchte das Zittern in seiner Stimme zu unterdrükken. Sein ausländischer Akzent war auf einmal sehr ausgeprägt.

»Trotzdem wird es genauso enden wie der Fall Taylor!

Wenn ich Zeit hätte... In der Taylor-Sache gab es zum Beispiel keine Fingerabdrücke oder dergleichen. Während hier... Hier haben Sie Heurtin, der überall seine Spuren hinterlassen hat, Heurtin, der sich in Saint-Cloud hat blikken lassen!... Und Crosby, der um jeden Preis Geld brauchte und sich im Moment, da ein neues Untersuchungsverfahren eingeleitet wird, umbringt! Und schließlich bin auch ich noch da. Bloß – was soll ich denn eigentlich getan haben?... Ich hab nie ein Wort mit Crosby gesprochen. Er kannte nicht einmal meinen Namen. Er hat mich nie gesehen... Und fragen Sie Heurtin, ob er jemals von Radek gehört hat. Fragen Sie in Saint-Cloud, ob man dort jemals so einen Mann wie mich gesehen hat... Und doch sitze ich jetzt in einem Büro der Kriminalpolizei. Und unten wartet ein Polizeidetektiv, der mich auf Schritt und Tritt verfolgen wird... Ist es übrigens immer noch Janvier? Das wär mir angenehm. Er ist jung. Ein netter Bursche, auch wenn er keinen Alkohol verträgt. Drei Cocktails, und er schwebt bereits im Nirwana...

Sagen Sie mir, Kommissar, an wen muß man sich wenden, wenn man dem Altersheim für Polizisten ein paar tausend Franc zukommen lassen möchte?«

Mit nachlässiger Gebärde entnahm er einer Tasche ein Banknotenbündel, steckte es wieder ein, fischte ein zweites aus einer anderen Tasche, ein drittes aus seiner Weste. Es mußten mindestens hunderttausend Franc sein, die er auf diese Weise vorwies.

»Ist das alles, was Sie mir zu sagen haben?«

Es war Radek, der sich so an Maigret wandte, mit einer Verachtung, die er nicht verbergen konnte.

»Das ist alles …«

»Soll *ich* Ihnen was sagen, Kommissar?«

Schweigen.

»Schön, wie Sie wollen. Aber Sie werden nie was begreifen!«

Er nahm seinen schwarzen Hut, bewegte sich ungelenk und sichtlich verägert zur Tür. Der Kommissar blickte ihm nach.

»Kläff weiter, Fifi!« murmelte er. »Nur so weiter!«

10

Der Zauberschrank

Wieviel verdienst du als Zeitungsverkäuferin?« Ort der Handlung war eine Kaffeehausterrasse am Montparnasse. Mit einem ausgesprochen boshaften Lächeln auf den Lippen rekelte sich Radek auf seinem Stuhl und rauchte eine Zigarre.

Eine alte Frau zwängte sich zwischen den Tischen durch, hielt den Gästen mit einer undeutlich gemurmelten Bitte ihre Abendzeitungen hin. Sie wirkte lächerlich und mitleiderregend in ihrem zerlumpten Aufzug.

»Wieviel ich...«

Sie begriff nicht. In ihren erloschenen Augen lag kaum mehr eine Spur von Verstand.

»Komm, setz dich... Du trinkst jetzt ein Glas mit mir... Ober! Einen Chartreuse für Madame.«

Radeks Blicke suchten Maigret, der nur wenige Meter entfernt saß.

»So! Als erstes kaufe ich dir sämtliche Zeitungen ab... Aber du mußt sie zählen.«

Die Alte wußte in ihrer Verwirrung nicht, ob sie gehorchen oder weglaufen sollte. Doch als der Tscheche ihr einen Hundert-Franc-Schein zeigte, begann sie hastig ihre Abendblätter zu zählen.

»Trink! ... Vierzig, sagst du? Zu fünf Sous das Stück?

… Wart! Möchtest du noch hundert Franc dazuverdienen?«

Maigret sah und hörte alles, aber er saß reglos da; er schien überhaupt nicht zu bemerken, was an Radeks Tisch vorging.

»Zweihundert Franc… Dreihundert… Da! Hier hast du sie! Oder möchtest du lieber fünfhundert?… Aber die mußt du dir verdienen. Du wirst uns was vorsingen… Halt! Hände weg! Erst wird gesungen…«

»Was soll ich denn singen?«

Die schwachsinnige Alte war völlig außer sich. Ein klebriger Tropfen Likör rann ihr über das Kinn mit den weißen Bartstoppeln. Die Gäste an den Nebentischen stießen sich mit den Ellbogen an.

»Sing, was du willst. Etwas Lustiges… Und wenn du tanzt, kriegst du nochmals hundert Francs…«

Es war entsetzlich. Die Ärmste ließ die Banknoten nicht aus den Augen. Und während sie mit brüchiger Stimme irgendein undefinierbares Liedchen zu krächzen begann, streckte sie die Hand nach dem Geld aus.

»Aufhören!« ertönte es an den Nebentischen.

»Sing!« befahl Radek.

Er ließ Maigret keine Sekunde aus den Augen. Die Gäste protestierten. Ein Kellner trat auf die Frau zu, wollte sie wegjagen. Sie wehrte sich, klammerte sich an die Hoffnung, eine sagenhafte Summe zu verdienen.

»Ich singe für diesen jungen Herrn… Er hat mir versprochen…«

Es nahm kein gutes Ende. Ein Schutzmann trat hinzu, führte die alte Frau, die keinen Centime bekommen hatte, weg. Ein Boy lief ihr nach und gab ihr die Zeitungen zurück.

Im Lauf der letzten drei Tage hatten sich mindestens zehn solcher Szenen abgespielt. Denn seit mittlerweile drei Tagen wich Maigret mit seinem grimmigen Gesicht dem Tschechen nicht mehr von den Fersen.

Erst hatte Radek versucht, ihn ins Gespräch zu ziehen, und ihm wiederholt vorgeschlagen:

»Da Sie mich auf keinen Fall allein lassen wollen, tun wir uns doch zusammen! Das wäre doch viel gemütlicher...«

Maigret war nicht darauf eingegangen. Im ›Coupole‹ wie in allen anderen Lokalen ließ er sich stets an einem Tisch neben Radek nieder. Und auf der Straße folgte er ihm deutlich sichtbar auf Schritt und Tritt.

Inzwischen hatte William Crosbys Begräbnis stattgefunden, und die Trauergemeinde war ein Gemisch von gegensätzlichen Welten gewesen, protzige, in Paris ansässige Amerikaner und buntscheckige Vertreter des Künstlervölkchens vom Montparnasse.

Wie Radek vorausgesagt hatte, erschienen die beiden Frauen ganz in Schwarz. Der Tscheche selbst war dem Trauerzug mit steinernem Gesicht bis zum Friedhof gefolgt. Er hatte mit niemandem gesprochen.

Das Leben in diesen drei Tagen war so unwirklich gewesen, daß es sich zu einem Alptraum auswuchs.

»Sie werden trotzdem nichts begreifen«, wiederholte Radek dann und wann, indem er sich nach Maigret umdrehte. Der Kommissar stellte sich taub. Seine Ruhe blieb unerschütterlich. Zwei-, dreimal war es Radek eben noch gelungen, einen Blick von ihm aufzufangen.

Er folgte ihm. Punktum! Er schien nichts Bestimmtes vorzuhaben, war einfach nur auf gespenstische, hartnäkkige Weise Tag und Nacht da.

Radek verbrachte seine Vormittage untätig in den Cafés. Hin und wieder kam es vor, daß er plötzlich einem Kellner befahl:

»Rufen Sie den Geschäftsführer.«

Und wenn dieser erschien:

»Ich mache Sie darauf aufmerksam, daß der Ober, der mich bedient, schmutzige Hände hat.«

Er bezahlte nur mit Hundert- oder Tausend-Franc-Scheinen, ließ das Wechselgeld achtlos in eine seiner Taschen gleiten.

Im Restaurant ließ er die Speisen, die nicht nach seinem Geschmack waren, zurückgehen. Eines Tages aß er für hundertfünfzig Franc zu Mittag und erklärte danach dem Oberkellner:

»Ein Trinkgeld kriegen Sie nicht von mir. Sie haben mich nicht aufmerksam genug bedient.«

Und an den Abenden hockte er in Kneipen und Nachtlokalen herum, lud die Mädchen zum Trinken ein, spannte sie bis zur letzten Sekunde auf die Folter, warf plötzlich einen Tausend-Franc-Schein mitten ins Lokal und rief:

»Den darf die glückliche Finderin behalten!«

Darauf entbrannte ein wüster Kampf, und eine der Frauen mußte aus dem Lokal gewiesen werden, während Radek wie üblich in Maigrets Miene forschte, um zu sehen, wie die Szene auf ihn gewirkt hatte.

Er machte keinen Versuch, sich dieser pausenlosen Überwachung zu entziehen. Im Gegenteil. Wenn er ein

Taxi nahm, wartete er sogar, bis auch der Kommissar einen Wagen angehalten hatte.

Crosby war am 22. Oktober beerdigt worden. Am 23., um elf Uhr abends, beendete Radek sein Nachtessen in einem Restaurant unweit der Champs-Elysées.

Gefolgt von Maigret, verließ er um halb zwölf das Lokal, suchte sich sorgfältig ein komfortables Taxi aus und nannte mit leiser Stimme eine Adresse.

Gleich darauf fuhren zwei Autos hintereinander in Richtung Auteuil. Und in dem breiten Gesicht des Kriminalbeamten hätte man vergeblich nach einem Zeichen der Erregung, Ungeduld oder Erschöpfung gesucht, wiewohl er seit vier Tagen nicht geschlafen hatte.

Nur seine Augen blickten etwas starrer als üblich.

Das erste Taxi folgte den Quais bis zum Pont Mirabeau, überquerte die Seine und holperte den Weg entlang, der zum ›Citanguette‹ führte.

Hundert Meter vor dem Bistro ließ Radek den Wagen anhalten, wechselte mit dem Fahrer ein paar Worte, marschierte dann, die Hände in den Taschen, zu Fuß bis zur Laderampe gegenüber dem Wirtshaus.

Dort setzte er sich auf einen Anlegepfosten, zündete eine Zigarette an, vergewisserte sich, daß Maigret ihm gefolgt war, und rührte sich nicht mehr.

Um Mitternacht war noch nichts passiert. Im Bistro saßen drei Araber und würfelten. In einer Ecke döste ein Betrunkener. Der Wirt spülte seine Gläser. Im Obergeschoß brannte kein Licht.

Fünf Minuten nach zwölf näherte sich ein Taxi dem

Flußufer entlang und blieb vor dem Bistrofenster stehen. Eine weibliche Gestalt stieg aus, zögerte und betrat dann hastig das Lokal.

Spöttischer und zugleich neugieriger denn je forschten Radeks Augen in den Zügen des Kommissars. Die Frau stand im vollen Licht der nackten Glühbirne. Sie trug einen schwarzen Mantel mit einem hohen dunklen Pelzkragen. Dennoch handelte es sich eindeutig um Ellen Crosby.

Über die Theke gebeugt, sprach sie leise mit dem Wirt. Die Araber hatten zu würfeln aufgehört und beobachteten sie gespannt.

Von außen konnte man nichts hören, aber die Verblüffung des Wirts, die Verlegenheit der Amerikanerin waren unverkennbar.

Sekunden später schritt der Mann auf die Treppe zu, die hinter seiner Theke nach oben führte. Sie folgte ihm. Dann leuchtete oben ein Fenster auf, das Fenster des Zimmers, in dem Joseph Heurtin nach seiner Flucht aus der Santé geschlafen hatte.

Als der Wirt wieder herunterkam, war er allein. Die Araber bestürmten ihn mit Fragen. Und er antwortete mit einem Schulterzucken, das wohl bedeuten sollte:

›Ich weiß so wenig wie ihr! Was geht es uns auch an…?‹

Im Obergeschoß gab es keine Fensterläden. Die Vorhänge waren dünn. Man konnte das Kommen und Gehen der Amerikanerin sozusagen lückenlos verfolgen.

»Zigarette, Kommissar?«

Maigret antwortete nicht. Die junge Frau war jetzt ans Bett getreten. Sie zog die Decken und Leintücher weg.

Man sah sie etwas Unförmiges, Schweres hochzerren.

Danach vertiefte sie sich in irgendeine sonderbare Tätigkeit, wurde zusehends fiebriger, näherte sich, wie von einer plötzlichen Unruhe getrieben, dem Fenster.

»Man hat beinahe das Gefühl, daß sie es auf die Matratze abgesehen hat, nicht wahr? Wenn ich mich nicht sehr täusche, ist sie im Begriff, das Ding aufzutrennen ... Komische Beschäftigung für eine Frau, die immer eine Zofe gehabt hat ...«

Die beiden Männer waren keine fünf Meter voneinander entfernt. Eine Viertelstunde verstrich.

»Es wird immer komplizierter, wie?«

Die Stimme des Tschechen verriet seine wachsende Ungeduld. Maigret sagte nichts, tat nichts.

Es war kurz nach halb eins, als Ellen Crosby wieder im Schankraum auftauchte, einen Geldschein auf die Theke warf, beim Hinausgehen ihren Pelzkragen hochklappte und auf das Taxi zulief, das vor dem Bistro gewartet hatte.

»Folgen wir ihr, Kommissar?«

Die drei Taxis fuhren eins nach dem anderen an. Aber Madame Crosby kehrte nicht nach Paris zurück. Eine halbe Stunde später waren sie in Saint-Cloud, und sie ließ das Taxi gegenüber der Villa warten.

Sie wirkte klein und verloren, wie sie sich da auf der anderen Straßenseite entlangbewegte – sehr klein und sehr unsicher.

Unvermittelt überquerte sie die Straße, suchte in ihrer Handtasche nach einem Schlüssel und verschwand kurz darauf im Haus, während das Gartentor mit einem gedämpften Klicken ins Schloß fiel.

In der Villa blieb es dunkel. Das einzige Zeichen von

Leben war ein schwacher Lichtschein, der in den Zimmern im ersten Stock aufflackerte und wieder erlosch, als zündete jemand von Zeit zu Zeit ein Streichholz an.

Es war kälter geworden. Die elektrischen Straßenlampen warfen gelbliche Lichtkegel in den Dunst.

Die Taxis, mit denen Maigret und Radek hergefahren waren, hatten rund zweihundert Meter vor der Villa angehalten, während Madame Crosbys Taxi ganz allein fast unmittelbar vor dem Gartentor stand.

Der Kommissar war ausgestiegen. Mit tief in die Manteltaschen vergrabenen Händen schritt er in der Dunkelheit auf und ab und rauchte seine Pfeife.

»Nun? Möchten Sie nicht hineingehen und sehen, was sich dort drinnen tut?«

Er antwortete nicht, setzte seinen eintönigen Spaziergang fort.

»Sie machen vielleicht einen Fehler, Kommissar. Stellen Sie sich vor, man findet heute abend oder morgen die nächste Leiche im Haus...«

Maigret reagierte nicht, und Radek warf seine halb gerauchte Zigarette fort, nachdem er sie mit den Fingernägeln aufgerissen hatte.

»Hundertmal habe ich Ihnen schon gesagt, Sie würden nie etwas begreifen. Jetzt sage ich es Ihnen nochmals.«

Der Kommissar kehrte ihm den Rücken zu. Fast eine ganze Stunde verging. Alles blieb still. Man sah nicht einmal mehr die tanzende Streichholzflamme hinter den Fenstern.

Der Chauffeur, der Madame Crosby hergefahren hatte, war beunruhigt ausgestiegen und auf das Tor zugeschritten.

»Angenommen, es befindet sich noch jemand im Haus, Kommissar?«

Darauf bedachte Maigret den Tschechen mit einem Blick, der diesen verstummen ließ.

Als gleich danach Ellen Crosby aus der Villa gelaufen kam und in den wartenden Wagen sprang, hielt sie etwas in der Hand, einen in weißes Papier oder Tuch gehüllten, zirka dreißig Zentimeter langen Gegenstand.

»Wäre es für Sie nicht interessant zu sehen, was sie …«

»Wissen Sie was, Radek?«

»Was denn …?«

Das Taxi der Amerikanerin entfernte sich in Richtung Paris. Maigret machte nicht einmal Miene, ihm zu folgen.

Der Tscheche geriet in Erregung. Seine Lippen zuckten nervös.

»Wollen wir nicht auch ins Haus gehen, Sie und ich …?«

»Aber …«

Radek sah jetzt aus wie jemand, der einen bestimmten Plan verfolgt hat und sich plötzlich vor eine unerwartete Situation gestellt sieht.

Maigret ließ eine Hand auf seine Schulter fallen.

»Zusammen werden wir alles begreifen, Sie und ich, nicht wahr?«

Radek lachte. Es klang gepreßt.

»Sie sind nicht begeistert? … Fürchten Sie, um es mit Ihren Worten zu sagen, daß Sie über die nächste Leiche stolpern? … Pah! Wer könnte es denn schon sein? … Madame Henderson ist tot und begraben. Ihre Zofe ist tot und begraben. Crosby ist tot und begraben. Seine Frau ist soeben quicklebendig aus dem Haus gekommen. Joseph

Heurtin befindet sich in der Krankenabteilung der Santé, also in Sicherheit... Wer bleibt da noch? Edna?... Aber was hätte denn Edna hier zu suchen gehabt?... Gehen wir«, stieß Radek zwischen den Zähnen hervor.

»Gut. Aber dann wollen wir es gleich von Anfang an richtig machen. Um ins Haus zu gelangen, brauchen wir einen Schlüssel...«

Doch das, was der Kommissar aus der Tasche zog, war kein Schlüssel. Es war eine kleine verschnürte Pappschachtel, und es dauerte geraume Zeit, ehe er sie öffnen konnte und endlich den Hausschlüssel zum Vorschein brachte.

»So! Jetzt können wir hineinspazieren, als wären wir hier zu Hause, da ja sonst niemand da ist... Es ist doch niemand im Haus, nicht wahr?«

Wie war es zu diesem Rollentausch gekommen? Und weshalb? Radek betrachtete seinen Verfolger nicht länger mit Ironie, sondern mit einer Unruhe, die er kaum mehr zu verbergen vermochte.

»Würden Sie diese kleine Schachtel bitte in Ihre Tasche stecken? Sie wird uns womöglich noch nützlich sein...«

Maigret knipste den Lichtschalter an, klopfte seine Pfeife am Schuhabsatz aus, stopfte sie von neuem.

»Gehen wir gleich nach oben... Wie Sie sehen, hatte Madame Hendersons Mörder leichtes Spiel, genau wie wir... Zwei schlafende Frauen! Kein Hund! Kein Pförtner! Und überall Teppiche... Gehen wir!«

Der Kommissar würdigte den Tschechen keines Blickes.

»Sie hatten vollkommen recht, Radek. Es wäre eine üble Überraschung für mich, wenn wir hier eine Leiche fänden... Sie kennen Richter Coméliau gewiß vom Hörensagen. Er ist ohnehin schon wütend, weil ich Crosbys Selbstmord, der praktisch vor meinen Augen stattfand, nicht verhindert habe. Er ist überhaupt wütend auf mich, weil ich nicht imstande bin, diesen Mordfall aufzuklären...

Und jetzt stellen Sie sich vor, was passiert, wenn noch jemand ermordet wird! Was würde ich sagen? Was würde ich tun? ... Ich habe Madame Crosby ungehindert wegfahren lassen. Sie selbst, Radek, kann man unmöglich der Tat verdächtigen, da Sie ja keinen Schritt von meiner Seite gewichen sind...

Wer könnte überhaupt mit Sicherheit sagen, welcher von uns beiden den andern beschattet? ... Beschatten Sie mich, oder beschatte ich Sie?«

Er schien mit sich selbst zu sprechen. Sie waren im ersten Stock angelangt, und Maigret durchquerte das Boudoir, betrat das Zimmer, wo Madame Henderson umgekommen war.

»Treten Sie ein, Radek. Ich nehme an, es stört Sie nicht zu wissen, daß hier zwei Frauen ermordet worden sind... Was Sie vielleicht nicht wissen, ist, daß das Messer nie gefunden wurde. Man nahm an, Heurtin habe es auf der Flucht vom Tatort in die Seine geworfen.«

Maigret setzte sich auf die Bettkante, genau an die Stelle, wo man die Leiche der Amerikanerin gefunden hatte.

»Soll ich Ihnen sagen, was ich glaube? ... Nun, der Mörder hat dieses Messer schlicht und einfach hier versteckt. Aber er hat es gut versteckt, so gut, daß wir es nirgends finden konnten ... Moment! Da fällt mir ein! ... Erinnern Sie sich an den Gegenstand, den Madame Crosby eben bei sich hatte? ... Dreißig Zentimeter lang. Einige Zentimeter breit. Genau so lang und so breit wie ein handlicher Dolch... Sie hatten recht, Radek, die Geschichte ist furchtbar kompliziert... Aber... Hallo!...«

Er bückte sich, betrachtete das gebohnerte Parkett, auf dem man ziemlich deutliche Fußspuren erkennen konnte. Spuren eines dünnen Absatzes, eines weiblichen Schuhs.

»Haben Sie gute Augen?... Ja?... Dann helfen Sie mir! Versuchen Sie, diesen Spuren zu folgen. Wer weiß, vielleicht erfahren wir so, warum Madame Crosby heute nacht hierhergekommen ist...«

Radek beobachtete Maigret mit der unschlüssigen Miene eines Mannes, der nicht recht weiß, welche Rolle ihm zugedacht worden ist. Doch das Gesicht des Kommissars blieb ausdruckslos.

»Die Spuren führen uns in das Zimmer der Gesellschafterin, ja?... Und weiter?... Bücken Sie sich, mein Bester! Sie wiegen ja noch keine hundert Kilo. Sehen Sie? Die Abdrücke enden vor dem Schrank dort! Ein Kleiderschrank. Verschlossen?... Nein! Warten Sie, öffnen Sie noch nicht. Sie sprachen doch von einer Leiche, nein?... Wie bitte? Wenn nun wirklich eine da drin läge ...?«

Radek zündete eine Zigarette an. Seine Finger zitterten.

»Los! Früher oder später müssen wir ihn ja doch öffnen. Vorwärts, alter Junge, machen Sie auf!«

Maigret rückte sich vor einem Spiegel seine Krawatte zurecht, ließ jedoch seinen Begleiter nicht aus den Augen.

»Nur zu!«

Die Schranktür ging auf.

»Eine Leiche? Ja?«

Radek war drei Schritte zurückgewichen. Fassungslos

starrte er auf die blonde junge Frau, die jetzt etwas steif, aber keineswegs erschrocken aus ihrem Versteck trat.

Es war Edna Reichberg. Ihre Augen wanderten zwischen Maigret und dem Tschechen hin und her, als erwartete sie eine Erklärung. Sie zeigte sich nicht im geringsten befangen.

Oder höchstens so befangen wie jemand, der eine ungewohnte Rolle spielt.

Maigret hatte sich, ohne sie zu beachten, zu Radek gewandt, der sich bemühte, seine Fassung wiederzuerlangen.

»Also, wie finden Sie das? Da machen wir uns auf eine Leiche gefaßt – oder besser gesagt, Sie bereiten mich schonend auf eine solche vor –, und was passiert? Wir finden ein reizendes und quicklebendiges junges Mädchen ...«

Auch Edna sah jetzt den Tschechen an.

»Was sagen Sie jetzt, Radek?« fuhr Maigret gutgelaunt fort.

Schweigen.

»Glaubst du immer noch, daß ich nichts begriffen habe? ... Verzeihung, sagtest du etwas?«

In diesem Augenblick öffnete die Schwedin, die den Mann nicht aus den Augen gelassen hatte, den Mund, doch der Schrei blieb ihr in der Kehle stecken.

Der Kommissar schaute wieder in den Spiegel, fuhr sich mit der Hand glättend über das Haar. Da zog Radek einen Revolver aus der Tasche, riß ihn hoch, genau in dem Augenblick, als das junge Mädchen vergeblich zu schreien versuchte.

Was passierte, war wunderbar und komisch zugleich. Man hörte ein leises metallisches Klicken wie aus einer

Spielzeugpistole. Kein Schuß ertönte. Radek drückte noch einmal ab.

Und dann ging alles so schnell, daß Edna nicht mehr folgen konnte. Eben noch hatte Maigret breit und behäbig vor dem Spiegel gestanden. In der nächsten Sekunde warf er sich mit seinem ganzen Gewicht auf den Tschechen. Beide stürzten zu Boden.

»Hundert Kilo«, hatte er gesagt.

Und damit erdrückte er nun seinen Gegner, der sich zwei-, dreimal aufbäumte und schließlich mit gefesselten Handgelenken still lag.

»Verzeihung, Mademoiselle«, murmelte der Kommissar und richtete sich wieder auf. »Sie können gehen... Draußen wartet ein Taxi auf Sie. Radek und ich haben uns noch eine Menge zu erzählen...«

Der Tscheche bäumte sich wütend auf, doch die schwere Pranke des Kommissars drückte ihn nieder. Gelassen fuhr Maigret fort:

»Oder etwa nicht, mein Gartenzwerg?«

11

Hoch gepokert

In Maigrets Büro am Quai des Orfèvres brannte das Licht von drei Uhr nachts bis zum Morgengrauen, und die wenigen Beamten, die im Haus Dienst taten, hörten die ganze Zeit über ein gleichmäßiges Gemurmel.

Um acht Uhr ließ sich der Kommissar vom Bürodiener ein Frühstück für zwei Personen heraufbringen. Dann rief er Richter Coméliau in dessen Wohnung an.

Es war neun Uhr, als die Tür aufging. Maigret trat zur Seite, um Radek an sich vorbeizulassen. Radek trug keine Handschellen.

Sie waren beide erschöpft. Doch weder beim Mörder noch beim Kriminalbeamten konnte man eine Spur von Feindseligkeit entdecken.

»Hier weiter?« fragte der Tscheche, als sie am Ende des Flurs angelangt waren.

»Ja. Wir nehmen den kürzesten Weg, direkt durch das Gerichtsgebäude.«

Durch den Gang, den nur die Beamten des Polizeipräsidiums benutzten, führte Maigret seinen Gefangenen ins ›Depot‹. Die Formalitäten waren rasch erledigt. Im Augenblick, da ein Wärter Radek in seine Zelle abführte, schaute Maigret den Mann noch einmal an, als wollte er etwas sagen – vielleicht »Auf Wiedersehen« –, dann zuckte er aber die Achseln und machte sich langsam auf den Weg zum Dienstzimmer des Untersuchungsrichters.

Der Richter hatte seine Rechtfertigung vorbereitet und eine gleichmütige Miene aufgesetzt, als an die Tür geklopft wurde. Die Mühe hätte er sich sparen können.

Maigret ließ keinerlei Schadenfreude erkennen. Auf seinem Gesicht lagen weder Triumph noch Spott. Er war ganz einfach ein Mann, der erschöpft wirkte, nachdem er eine langwierige und anstrengende Aufgabe zu Ende geführt hatte.

»Darf ich rauchen? … Danke! … Es ist kalt bei Ihnen …«

Mißbilligend betrachtete er den Heizkörper. In seinem Büro hatte er ihn herausreißen lassen und durch einen alten gußeisernen Ofen ersetzt.

»Der Fall ist erledigt. Wie ich Ihnen am Telefon sagte, hat er gestanden. Und ich glaube nicht, daß er Ihnen jetzt noch Schwierigkeiten machen wird, denn er ist ein guter Spieler und sieht ein, daß er die Partie verloren hat.«

Der Kommissar hatte sich auf losen Zetteln Notizen gemacht, die er für seinen schriftlichen Rapport zu verwenden gedachte, aber die Blätter waren ihm durcheinandergeraten, und er stopfte sie seufzend wieder in die Tasche.

»Das Charakteristische an dieser Affäre …«

Es klang ihm zu pompös. Er stand auf, verschränkte die Hände hinter dem Rücken, ging im Zimmer auf und ab und hob noch einmal an.

»Es war von Anfang an ein ausgemachter Schwindel. Ein Täuschungsmanöver, nichts weiter. Das Wort habe nicht ich erfunden. Es stammt vom Mörder selbst, und dabei konnte er, als er es zum erstenmal verwendete, nicht einmal wissen, wie recht er hatte.

Was mir zu denken gab, als wir Joseph Heurtin verhafteten, war folgendes: Sein Verbrechen ließ sich in keine einzige der bekannten Kategorien einstufen. Er hatte sein Opfer nicht gekannt. Er hatte es nicht beraubt. Er war weder ein Sadist noch ein Verrückter …

Ich habe mit der Untersuchung wieder von vorn beginnen wollen und dabei immer mehr das Gefühl gehabt, daß wir von grundfalschen Voraussetzungen ausgegangen waren.

Das war aber, wie ich betonen möchte, kein Zufall. Man hatte uns bewußt, ja auf geradezu wissenschaftliche Art und Weise hinters Licht geführt. Man hat mit gefälschten Tatsachen operiert, um die Polizei auf eine falsche Fährte zu locken und das Gericht zu einem entsetzlichen Justizirrtum zu verleiten.

Und erst der Mörder selbst! An dem Mann ist alles falsch, noch falscher als das ganze Theater, das er inszeniert hat.

Sie kennen die Psychologie der verschiedenen Verbrechertypen so gut wie ich. Aber weder Sie noch ich haben jemals einen Typen wie Radek kennengelernt.

Acht Tage lang weiche ich nicht von seiner Seite, beobachte ihn, versuche seinen Gedankengängen zu folgen. Acht Tage lang falle ich von einer Überraschung in die andere, lasse mich noch und noch von ihm verwirren …

Seine innere Haltung entzieht sich allen unseren gewohnten Vorstellungen. Und das ist der Grund, weshalb wir ihn nie verdächtigt hätten, *wenn er nicht selbst das unbestimmte Bedürfnis gehabt hätte, sich erwischen zu lassen.*

Er selbst hat mir die Fingerzeige gegeben, die ich brauchte. Er muß irgendwie gespürt haben, daß er sich damit verriet... Aber er tat es trotzdem...

Werden Sie mir glauben, wenn ich Ihnen sage, daß er in diesem Augenblick vor allem Erleichterung empfindet?«

Maigret sprach nicht besonders laut. Aber es war eine geballte Kraft in ihm, die seinen Worten eine eigenartige Intensität verlieh. Man hörte das Kommen und Gehen in den Korridoren des Gerichtsgebäudes. Dann und wann rief ein Gerichtsdiener einen Namen, oder Polizisten ließen ihre Stiefel auf den Fliesen dröhnen.

»Ein Mann hat gemordet, und zwar aus keinem bestimmten Grund, sondern einfach um des Mordens willen... Ich möchte fast sagen, zum Vergnügen!... Widersprechen Sie nicht! Sie werden ihn selbst sehen... Ich glaube nicht, daß er viel reden oder auch nur auf Ihre Fragen antworten wird, denn er hat mir erklärt, er wünsche sich nur noch eines: seinen Frieden...

Unsere Informationen über ihn werden Ihnen vollauf genügen.

Seine Mutter arbeitete als Dienstmädchen in einer tschechischen Kleinstadt. Er wuchs in einer Mietskaserne am Stadtrand auf. Und studieren konnte er nur mit Hilfe von Stipendien und gelegentlichen Zuwendungen.

Ich bin sicher, er hat schon als Kind unter seiner Armut gelitten und die Welt, die er nur von unten sah, zu hassen begonnen.

Schon als Kind hielt er sich für ein Genie... Durch seine

Intelligenz reich und berühmt werden, das war sein Traum. Dieser Traum hat ihn nach Paris geführt. Um dieses Traumes willen hat er zugelassen, daß seine Mutter noch mit fünfundsechzig Jahren und trotz eines schweren Rückenmarkleidens als Dienstmädchen schuftete, um ihm Geld schicken zu können.

Ein maßloser, verzehrender Stolz beherrschte ihn. Ein Stolz, gepaart mit Ungeduld, denn als Medizinstudent wußte Radek, daß er an der gleichen Krankheit litt wie seine Mutter und daß er nicht lange zu leben hatte ...

Zu Beginn arbeitet er wie ein Wilder. Seine Professoren halten ihn für erstaunlich begabt.

Er verkehrt mit niemandem, spricht mit niemandem. Er ist arm, aber Armut ist er gewohnt.

Oft besucht er die Vorlesungen ohne Socken an den Füßen. Hin und wieder verlädt er Gemüse in den Markthallen, um sich ein paar Sous zu verdienen ...

Doch dann kommt es zur Katastrophe. Seine Mutter stirbt. Er erhält keinen Centime mehr.

Und plötzlich, von einem Tag auf den anderen, gibt er alle seine Träume auf. Er hätte wie viele andere Studenten versuchen können, irgendwo Arbeit zu finden.

Er versucht es nicht einmal. Weil er ahnt, daß er nicht das Genie ist, das er zu sein hoffte? Weil er an sich zweifelt?

Wie auch immer, er tut nichts mehr. *Konsequent nichts!* Er hockt in den Brasserien herum. Er schreibt an entfernte Verwandte, geht sie um finanzielle Unterstützung an. Er bezieht Gelder von privaten Fürsorgestellen. Er pumpt Landsleute an und betont auch noch zynisch, daß er sich zu keinerlei Dankbarkeit verpflichtet fühlt.

Die Welt hat ihn nicht verstanden! Er haßt sie dafür!

Und diesen Haß hegt und pflegt er nun von früh bis spät. Am Montparnasse sitzt er Seite an Seite mit glücklichen, reichen, gesunden Menschen. Er trinkt seinen Café crème, während an den Nebentischen ganze Ladungen von Cocktails vorbeidefilieren ...

Denkt er da schon an ein Verbrechen? Mag sein. Zwanzig Jahre früher wäre er ein militanter Anarchist geworden und hätte eines Tages eine Bombe in irgendeiner Großstadt gezündet. Aber diese Dinge sind heutzutage aus der Mode gekommen.

Er ist allein. Er will allein bleiben. Er verbohrt sich in seinen Haß. Er schöpft eine perverse Befriedigung aus seiner Einsamkeit, seiner vermeintlichen Überlegenheit und der Ungerechtigkeit, mit der das Schicksal ihn behandelt.

Er besitzt eine überdurchschnittliche Intelligenz, vor allem aber einen sicheren Instinkt für menschliche Schwächen.

Einer seiner Professoren hat mir von einer Manie erzählt, die er schon an der Hochschule hatte und die jedermann als unheimlich empfand. Er brauchte einen Menschen nur ein paar Minuten lang zu beobachten, um dessen wunden Punkt buchstäblich zu spüren.

So erklärte er zum Beispiel einem ahnungslosen jungen Mann voll Schadenfreude:

›Noch ehe drei Jahre um sind, landest du im Sanatorium!‹

Oder:

›Nicht wahr, dein Vater ist an Krebs gestorben? Da heißt es aufpassen!‹

Er stellte unerhört sichere Diagnosen, und zwar in körperlicher wie in seelischer Hinsicht.

Sie waren seine einzige Zerstreuung, wenn er in seiner Ecke im ›Coupole‹ saß. Krank, wie er war, lauerte er auf das kleinste Anzeichen von Krankheit bei den anderen…

Crosby bewegte sich täglich in seinem Blickfeld, da er in der gleichen Bar verkehrte. Radek hat mir ein ausgesprochen ergreifendes, zutreffendes Bild von ihm gezeichnet.

Dort, wo ich, ehrlich gesagt, nur ein Herrensöhnchen, einen mittelmäßigen Playboy sah, hat er, Radek, den Riß gesehen…

Er hat mir einen kerngesunden, von den Frauen geliebten, lebenslustigen Crosby beschrieben, aber auch einen Crosby, der jeder Gemeinheit fähig war, wenn es galt, seine Wünsche zu befriedigen.

Einen Crosby, der seine eigene Frau ein ganzes Jahr lang in intimster Freundschaft mit seiner Geliebten, Edna Reichberg, verkehren ließ, obgleich er wußte, daß er sich bei der ersten sich bietenden Gelegenheit von ihr scheiden lassen und die Schwedin heiraten würde…

Einen Crosby schließlich, der eines Abends, als die beiden Frauen ohne ihn ins Theater gegangen waren, etwas wie Angst in seinem Gesicht erkennen ließ.

Er saß an einem Tisch im hinteren Teil der Bar mit zweien seiner zahlreichen Freunde. Mit einem Seufzer bemerkte er:

›Wenn ich denke, daß erst gestern irgendein Idiot wegen zweiundzwanzig Franc eine alte Krämerin ermordet hat…! Mensch, ich gäbe hunderttausend Franc dafür, meine Tante loszuwerden!‹

Leeres Gerede? Oder ein Witz? Oder ein Wunschtraum?

Radek hatte es gehört, und er haßte Crosby, haßte ihn mehr als alle anderen, mit denen er tagtäglich in Berührung kam, weil Crosby der ganzen Gesellschaft himmelweit überlegen war.

Der Tscheche kannte Crosby besser als Crosby sich selbst, und dabei hatte ihn der junge Mann noch nie auch nur eines Blickes gewürdigt.

Er ist aufgestanden. In der Toilette hat er auf einen Papierfetzen gekritzelt:

›Einverstanden mit den hunderttausend Francs. Senden Sie den Schlüssel postlagernd an die Initialen M. V., Postamt Boulevard Raspail.‹

Er ist an seinen Platz zurückgekehrt. Ein Kellner hat Crosby den Zettel überbracht. Der hat spöttisch gelacht und seine Unterhaltung fortgesetzt, dabei aber verstohlen die Gäste an den Nachbartischen gemustert.

Eine Viertelstunde später verlangte Madame Hendersons Neffe die Pokerwürfel.

›Spielst du gegen dich selbst?‹ fragte er lachend einer seiner Begleiter.

›Es ist nur so eine Idee … Ich möchte wissen, ob ich auf Anhieb mindestens zwei Einsen würfle.‹

›Und wenn?‹

›Dann heißt das: *ja*‹.

›*Ja* wozu?‹

›Eine Idee, sag ich … Laß mich machen.‹

Er schüttelte lange die Würfel im Becher, warf sie mit unsicherer Hand auf den Tisch.

›Vier Einsen!‹

Er wischte sich den Schweiß von der Stirn, verabschiedete sich mit gespielter Munterkeit und ging. Am Abend danach erhielt Radek den Schlüssel.«

Maigret ließ sich endlich auf einen Stuhl fallen, rittlings, wie es seine Gewohnheit war.

»Diese Pokergeschichte hat mir Radek selbst erzählt. Ich bin überzeugt, daß sie wahr ist. Ich hab Janvier ins ›Coupole‹ geschickt, und er wird sie mir im Lauf der nächsten Stunden bestätigen. Alles andere – was ich Ihnen jetzt erzählen werde und was ich Ihnen schon erzählt habe – hab ich mir nach und nach zusammengereimt, Stück für Stück, je nachdem, welche neuen Anhaltspunkte mir der Tscheche unwissentlich lieferte, während ich ihn verfolgte...

Sie müssen sich jetzt Radek im Besitz des Schlüssels vorstellen... Einen Mann, dem es weniger um die hunderttausend Franc als um eine Gelegenheit geht, seinen Haß auf die Menschen abzureagieren.

Jetzt hat er den von aller Welt bewunderten und beneideten Crosby in der Hand. Er hält ihn fest! Er ist stark!

Bedenken Sie, daß Radek vom Leben nichts mehr zu erwarten hat... Er ist nicht einmal sicher, ob er warten kann, bis die Krankheit ihn hinwegrafft. Vielleicht wird er auch eines Abends, wenn er die paar Sous für seinen Café crème nicht mehr aufbringen kann, in die Seine springen...

Er ist nichts wert. Mit der Welt verbindet ihn nichts mehr!

Wie gesagt, noch vor zwanzig Jahren wäre aus ihm ein Anarchist geworden. Heutzutage, in einer so hektischen und etwas verrückten Umgebung wie dem Montparnasse, findet er es amüsanter, *ein schönes Verbrechen* zu begehen!

Ein schönes Verbrechen! Er ist mittellos, er ist krank. Aber von dieser einen, einzigen Handlung werden die Zeitungen voll sein! Auf ein einziges Zeichen von ihm wird sich die ganze Justizmaschinerie in Bewegung setzen! Es wird eine Tote geben! Ein Crosby wird das Fürchten lernen…

Und er wird hinter seinem Café crème sitzen und als einziger die Wahrheit wissen; ganz allein wird er seine Macht auskosten.

Alles steht und fällt damit, daß er sich nicht erwischen läßt. Und dafür sorgt man am besten, indem man der Justiz einen falschen Schuldigen in den Rachen wirft…

Eines Abends, auf einer Café-Terrasse, hat er Heurtin kennengelernt. Er hat ihn beobachtet, wie er jedermann beobachtet. Er hat ihn angesprochen…

Heurtin ist ein Außenseiter wie Radek. Er hätte im Gasthaus seiner Eltern ein friedliches Leben führen können. In Paris, als Laufbursche mit einem Monatslohn von sechshundert Franc, ist er unglücklich, flüchtet sich in Wunschträume, verschlingt Groschenromane, läuft in die Kinos, sieht sich als Held in großartigen Abenteuern.

Ein Junge ohne jede Tatkraft. Wie soll er dem Einfluß des Tschechen widerstehen?

›Willst du in einer einzigen Nacht und ohne jedes Risiko so viel Geld verdienen, daß du hinterher leben kannst, wie es dir paßt?‹

Heurtin fiebert. Radek hat ihn in der Hand. Radek schwelgt im Bewußtsein seiner Macht, redet auf ihn ein, bringt ihn so weit, daß er in einen Einbruch einwilligt.

›Nichts als ein Einbruch in ein leerstehendes Haus!‹

Er entwirft einen Plan, legt das Vorgehen seines Komplizen in allen Einzelheiten fest. Er ist es, der Heurtin rät, sich Schuhe mit Gummisohlen zu kaufen, angeblich um Lärm zu vermeiden. In Wirklichkeit will er sicher sein, daß Heurtin deutliche Spuren am Tatort hinterlassen wird.

Für Radek muß es eine geradezu berauschende Zeit gewesen sein. Er muß sich allmächtig gefühlt haben, er, der sich nicht einmal einen Aperitif leisten konnte!

Und tagtäglich saß er in Crosbys nächster Nähe, und der hatte keine Ahnung, wer er war. Radek aber spürte, wie das Warten an Crosbys Nerven zerrte, wie er es zusehends mit der Angst zu tun bekam.

Was mich auf die Wahrheit über die Ereignisse in der Villa in Saint-Cloud gebracht hat, Herr Richter, das war ein Satz im Arztbericht. Man liest die Berichte der Experten eben nie sorgfältig genug durch. Erst vor vier Tagen fiel mir eine Kleinigkeit darin auf.

Der Gerichtsmediziner schreibt:

›Mehrere Minuten nach Madame Hendersons Tod ist ihre Leiche, die auf der Bettkante gelegen haben muß, zu Boden gerollt.‹

Sie müssen zugeben, daß der Mörder keinen Grund hatte, mehrere Minuten nach dem Verbrechen eine Leiche zu berühren, die weder Schmuck noch sonst etwas trug außer einem Nachthemd...

Aber ich will der Reihe nach erzählen. Den tatsächlichen Ablauf der Ereignisse hat Radek mir heute nacht bestätigt.

Er vereinbart mit Heurtin, daß dieser um *punkt* halb drei

in die Villa eindringt, in den ersten Stock hinaufgeht, das Schlafzimmer betritt – und zwar, ohne Licht zu machen. Er hat ihm geschworen, daß niemand im Haus sein wird. Er hat ihm erklärt, wo sich das Geld befindet: an der Stelle, wo in Wirklichkeit das Bett steht.

Um zwei Uhr zwanzig tötet Radek die beiden Frauen, versteckt die Waffe im Kleiderschrank und verläßt das Haus. Draußen paßt er die Ankunft Joseph Heurtins ab, der sich genau an seine Anweisungen hält.

Wie nun aber Heurtin durch das Dunkel tappt, stößt er plötzlich an einen leblosen Körper. Dieser fällt zu Boden. Heurtin erschrickt, knipst die Lampe an, entdeckt die Leichen, vergewissert sich, daß die beiden Frauen wirklich tot sind, hinterläßt überall blutige Fingerabdrücke…

Als er schließlich entsetzt die Flucht ergreift, läuft er draußen Radek in die Arme, einem völlig veränderten, höhnischen, grausamen Radek.

Zwischen den beiden Männern muß sich eine unbeschreibliche Szene abgespielt haben. Was aber konnte ein einfältiger Bursche wie Heurtin gegen einen Radek ausrichten?

Der Tscheche zeigt ihm seine Gummihandschuhe, seine Wollsocken, dank derer er nicht die geringste Spur im Haus hinterlassen hat.

›Sie werden dich verurteilen. Man wird dir nicht glauben. *Niemand wird dir glauben.* Sie werden dich hinrichten!‹

Ein Taxi erwartet sie in Boulogne, am anderen Ufer der Seine. Und Radek spricht weiter:

›Wenn du den Mund hältst, werde ich, Radek, dich retten, verstehst du? Ich hol dich aus dem Gefängnis, vielleicht in einem Monat, vielleicht auch erst in drei. *Aber herauskommen wirst du!*‹

Nach seiner Verhaftung beteuert Heurtin immer wieder, er sei kein Mörder. Er ist wie benommen. Die einzige Person, der er von Radek erzählt hat, ist seine Mutter. *Und seine Mutter glaubt ihm nicht!* Gibt es einen besseren Beweis, daß der andere recht hatte, daß es besser ist, den Mund zu halten und auf die versprochene Hilfe zu warten?

Wochen und Monate vergehen. In seiner Zelle wird Heurtin ständig von der Erinnerung an die zwei Leichen verfolgt, deren Blut er an seinen Händen kleben fühlte. Er bricht in der Nacht zusammen, da er hört, wie sie seinen Zellennachbarn zur Hinrichtung abholen.

Das bringt ihn um den letzten Rest von Widerstandskraft. Sein Vater hat auf seine Briefe nie geantwortet, hat seiner Mutter und seiner Schwester verboten, ihn zu besuchen. Er ist allein. Allein mit einem Alptraum…

Und da erhält er plötzlich eine Botschaft, die ihm seine Flucht ermöglicht. Er befolgt die Anweisungen, aber ohne große Hoffnung, ganz mechanisch. Er erreicht ungehindert Paris, irrt ziellos durch die Stadt, läßt sich erschöpft auf ein Bett fallen und schläft ein – seit langem zum erstenmal außerhalb des Hochsicherheitstrakts der Santé, wo nur Menschen schlafen, die die Guillotine erwartet.

Am nächsten Abend sieht er sich Inspektor Dufour gegenüber. Heurtin wittert Polizei, Gefahr, und instinktiv schlägt er zu, flieht, beginnt von neuem umherzuirren… Die Freiheit verschafft ihm keinerlei Hochgefühle. Er weiß nicht, wie es weitergehen soll. Er hat kein Geld. Niemand wartet auf ihn.

Und das alles wegen Radek! Er sucht ihn in den Cafés, wo er ihm früher manchmal begegnet ist.

Um ihn zu töten? Er besitzt keine Waffe. Aber in seinem überreizten Zustand könnte er ihn erwürgen ... Vielleicht will er auch bloß Geld von ihm. Oder er hat ganz einfach das Bedürfnis, mit einem Menschen zu sprechen, und Radek ist der einzige Mensch, mit dem er jetzt noch sprechen kann ...

Er erblickt ihn im ›Coupole‹. Man läßt ihn nicht hinein. Er wartet. Er dreht vor der Bar eine Runde nach der anderen, stur und stumpf wie ein Dorftrottel, drückt hin und wieder das bleiche Gesicht an die Scheibe.

Radek tritt schließlich ins Freie, aber zwischen zwei Polizisten, und Heurtin verschwindet. Ohne noch lange zu überlegen, macht er sich auf den Weg nach Hause, nach Nandy, wo er sich doch eigentlich nicht mehr sehen lassen darf ... Er sinkt auf einen Strohhaufen in einem Schuppen ...

Und da sein Vater ihm befiehlt, noch vor Einbruch der Nacht zu verschwinden, versucht er sich aufzuhängen ...«

Maigret zuckte die Achseln und fuhr grollend fort:

»Der Junge wird nie wieder ganz zu sich kommen. Er wird zwar leben, aber er wird so etwas wie einen unheilbaren Riß davontragen ... Er ist das bemitleidenswerteste unter Radeks Opfern.

Es gibt noch andere ... Und es wären ihrer noch mehr geworden, wenn ...

Doch darauf komme ich noch zu sprechen ... Nach vollbrachter Tat und nach Heurtins Verhaftung nimmt der Tscheche sein Wanderleben von Café zu Café wieder auf.

Er könnte jetzt seine hunderttausend Franc von Crosby fordern, tut es aber nicht. Zum einen wäre dies unvorsichtig, zum anderen ist ihm seine Armut vielleicht zum Bedürfnis geworden, weil sie seinen Haß auf die Menschheit nährt...

Im ›Coupole‹ kann er beobachten, wie der einst so strahlende Amerikaner sich manchmal zum Lachen zwingen muß. Crosby wartet... Er hat den Mann, der ihm den Zettel schrieb, nie gesehen. Er ist von Heurtins Schuld überzeugt. Er hat Angst, Heurtin werde ihn verraten...

Doch nein! Der Angeklagte läßt sich verurteilen. Man spricht bereits von seiner bevorstehenden Hinrichtung, und dann endlich wird Madame Hendersons Erbe wieder frei atmen können...

Was mag nun in Radek vorgehen? Er hat sein schönes Verbrechen begangen! Alles ist bis ins kleinste geregelt. Niemand verdächtigt ihn!

Er hat erreicht, was er wollte: Er ist der einzige Mensch auf der Welt, der die Wahrheit weiß. Und wenn er William und Ellen Crosby an der Bar sitzen sieht, weidet er sich an dem Gedanken, daß er sie mit einem Wort zum Zittern bringen könnte...

Dennoch ist er nicht restlos befriedigt. Sein Leben verläuft so eintönig wie zuvor. Nichts hat sich geändert, außer daß zwei Frauen tot sind und daß ein armer Teufel geköpft wird.

Ich möchte es nicht beschwören, aber ich wette, daß ihn jetzt die ausbleibende Bewunderung am meisten bedrückt. Daß niemand sich sagt, wenn er vorübergeht:

›Er sieht wie ein gewöhnlicher Mensch aus, und dabei

hat er eines der raffiniertesten Verbrechen verübt, die es jemals gegeben hat. Er hat die Polizei überlistet, die Justiz irregeführt, das Leben einiger Menschen verändert...

Andere Mörder haben dies erfahren. Die meisten haben den Drang verspürt, sich jemandem anzuvertrauen, und wäre es auch einer Hure.

Doch Radek ist stärker. Im übrigen hat er sich nie für Frauen interessiert.

Eines Morgens berichten die Zeitungen von Heurtins Flucht. Ist dies nicht die beste Gelegenheit? Er wird Verwirrung stiften, wieder eine aktive Rolle spielen...

Er schreibt an den *Sifflet*. Er gerät in Panik, da er sieht, wie sein Komplize ihm auflauert, und wirft sich der Polizei freiwillig in die Arme... Aber er will bewundert werden! Er will als guter Spieler gelten!

Deshalb erklärt er:

›Sie werden nie etwas begreifen!‹

Von da an überstürzen sich die Ereignisse. Er spürt, daß er sich im Netz verfangen wird. Ja, er führt diesen Augenblick selbst herbei! Bewußt begeht er eine Unvorsichtigkeit nach der anderen, wie von einer inneren Macht getrieben, als sehnte er sich nach Strafe...

Er hat in diesem Leben nichts mehr zu verlieren. Er ist zum Tod verurteilt. Alles widert ihn an, alles empört ihn. Er fristet ein jämmerliches Dasein.

Er spürt, daß ich hinter ihm her bin und daß ich ans Ziel gelangen werde...

Es bekommt wahnhafte Züge. Er hält mich zum Narren. Er macht sich einen Spaß daraus, mich hinters Licht zu führen...

Hat er nicht Heurtin und Crosby hereingelegt? Wird er nicht auch mich hereinlegen können?

Um mich zu verwirren, erfindet er Geschichten. Unter anderem lenkt er meine Aufmerksamkeit auf die Tatsache, daß alles, was mit dem Mord zusammenhängt, sich rund um die Seine abgespielt hat.

Werde ich nicht darauf hereinfallen, einer falschen Fährte nachjagen?

Er wird mich von einer falschen Fährte auf die andere locken... Er lebt wie im Fieber. Er weiß, er ist verloren, aber er kämpft weiter, spielt weiter um sein Leben.

Warum nicht zum Beispiel einen Crosby im Sturz mitreißen?

Er sieht sich als allmächtigen Schicksalsgott... Er ruft den Amerikaner an, fordert seine hunderttausend Franc.

Er zeigt mir das Geld. Es bereitet ihm ein krankhaftes Vergnügen, mit seiner Freiheit zu jonglieren.

Er ist es auch, der Crosby zwingt, sich zu einem bestimmten Zeitpunkt in der Villa in Saint-Cloud einzufinden. Und das ist ein psychologisches Meisterstück! Er hat mich kurz vorher gesehen. Ihm ist klargeworden, daß ich die ganze Untersuchung um jeden Preis noch einmal aufzurollen gedenke...

Mit anderen Worten: Ich würde nach Saint-Cloud fahren und dort auf Crosby treffen, der seine Anwesenheit wohl nicht so ohne weiteres erklären könnte.

Hat er nicht sogar den Selbstmord des Mannes, der sich ertappt fühlte, vorausgesehen? Es wäre möglich! Es ist sogar wahrscheinlich. Aber das genügt ihm nicht! Er berauscht sich mehr und mehr an seiner Macht.

Und weil ich spüre, daß er sich selbst nicht mehr in der Gewalt hat, hefte ich mich an seine Fersen, stumm und verbissen, Tag und Nacht, immer!

Ob seine Nerven das aushalten? Kleine Vorfälle beweisen mir, daß er den Boden unter den Füßen verliert... Er muß seinen Haß auf die Menschen dauernd an jemandem auslassen. Er demütigt kleine Leute, stellt eine Bettlerin bloß, verursacht Raufereien unter Dirnen.

Und die ganze Zeit über versucht er zu erraten, wie ich auf seine Herausforderungen reagiere. Wie ein Schmierenkomödiant.

Er bewegt sich am Rand eines Abgrunds. Wenn er so weitermacht, wird er bald den Kopf verlieren. Er wird unweigerlich einen Fehler begehen.

Und er begeht ihn! Alle großen Verbrecher sind früher oder später an diesem Punkt angelangt!

Er hat zwei Frauen umgebracht. Er hat Crosby auf dem Gewissen. Er hat aus Heurtin ein Wrack gemacht...

Er wird das Blutbad fortsetzen, ehe für ihn das Leben zu Ende ist.

Aber ich habe gewisse Vorsichtsmaßnahmen getroffen. Janvier hat den Auftrag, im ›Hôtel George-V‹ sämtliche Briefe abzufangen, die an Madame Crosby oder an Edna adressiert sind, und alle ihre Telefongespräche abzuhören.

Zweimal kann sich Radek, den ich auf Schritt und Tritt verfolge, für wenige Minuten aus meinem Blickfeld entfernen, und ich ahne, daß er Briefe abgeschickt hat.

Einige Stunden später händigt Janvier sie mir aus. Hier sind sie! Der eine klärt Madame Crosby darüber auf, daß ihr Gatte den Mord an Madame Henderson in Auftrag gegeben hat. Als Beweis liegt dem Schreiben die Schachtel mit dem Schlüssel bei, die immer noch die Adresse in der Handschrift des Amerikaners trägt.

Radek kennt sich in den Gesetzen aus. Er weist Madame Crosby darauf hin, daß ein Mörder sein Opfer nicht beerben kann, weshalb man ihr Vermögen beschlagnahmen wird.

Er befiehlt ihr, sich um Mitternacht ins ›Citanguette‹ zu begeben, in einem der Zimmer die Matratze nach dem Dolch zu durchsuchen und die Tatwaffe an einem sicheren Ort zu verstecken.

Falls sie den Dolch nicht findet, soll sie nach Saint-Cloud fahren und im Kleiderschrank der Zofe nachsehen…

Beachten Sie dieses Bedürfnis, andere Menschen zu demütigen und gleichzeitig die Dinge zu komplizieren. Madame Crosby hat im ›Citanguette‹ nichts zu suchen. Das Messer hat sich nie in dem Bistro befunden.

Aber es macht Radek Spaß, die verwöhnte Amerikanerin in so eine Spelunke zu schicken.

Doch damit nicht genug! Seine krankhafte Freude an Verwicklungen treibt ihn noch weiter. Er teilt der jungen Frau mit, daß Edna Reichberg die Geliebte ihres Mannes war und daß Crosby sie zu heiraten beabsichtigte.

›Sie weiß über alles Bescheid‹, schreibt er. ›Sie haßt Sie und wird jede Gelegenheit benutzen, um auszupacken. Und dann werden Sie mittellos dastehen.‹«

Maigret wischte sich mit einem Seufzer den Schweiß von der Stirn.

»›Idiotisch‹, werden Sie jetzt sagen, nicht wahr? Das Ganze erinnert an einen Alptraum. Sie müssen sich aber vorstellen, daß Radek seit Jahren nur noch von ausgeklügelten Racheakten träumt.

Im übrigen ist er nicht weit von der Wahrheit entfernt. In seinem zweiten Brief teilt er Edna Reichberg mit, Crosby sei der Mörder von Saint-Coud, den Beweis finde sie im Kleiderschrank, und einen Skandal könne sie vermeiden, wenn sie die Waffe zu einem bestimmten Zeitpunkt in der Villa holen gehe.

Er fügt noch hinzu, Madame Crosby habe über das Verbrechen ihres Mannes von Anfang an Bescheid gewußt.

Ich wiederhole, der Mann fühlte sich als Schicksalsgott.

Die zwei Briefe haben ihren Bestimmungsort nie erreicht, da Janvier sie, wie gesagt, abgefangen und mir übergeben hat.

Wie aber ließ sich beweisen, daß sie von Radeks Hand stammten? Nun, sie sind, genau wie die Mitteilung an den *Sifflet*, mit der linken Hand geschrieben worden!

Darauf bat ich die beiden Frauen um ihre Mitwirkung bei einem Experiment, da es darum ginge, den wahren Mörder Madame Hendersons zu finden.

Ich bat sie, die Anweisungen aus den Briefen genau zu befolgen...

Radek hat mich selbst erst zum ›Citanguette‹ und dann nach Saint-Cloud geführt.

Er mußte ja wissen, daß das Drama sich seinem Ende näherte. Und was für ein großartiges Finale hätte das werden können, wären die Briefe nicht abgefangen worden!

Madame Crosby, durch die Enthüllungen des Mörders

wie vor den Kopf geschlagen, nach dem peinlichen Auftritt in der Flußkneipe völlig gebrochen, erscheint in der Villa in Saint-Cloud, betritt das Zimmer, wo der Doppelmord stattgefunden hat...

Stellen Sie sich ihren Zustand vor!... Und dann steht sie Edna Reichberg gegenüber, die den Dolch in der Hand hat!

Ich behaupte nicht, daß die Szene mit einem Mord geendet hätte. Aber ich glaube fast, Radek hat die psychologische Wirkung richtig eingeschätzt...

In meiner Inszenierung haben sich die Dinge nun aber ganz anders abgespielt. Madame Crosby ist allein aus dem Haus gekommen.

Und die Frage, was sie mit Edna gemacht hatte, ließ Radek keine Ruhe.

Er folgte mir hinauf ins Schlafzimmer. Er war es, der den Schrank öffnete... Und statt einer Leiche fand er eine sehr lebendige junge Schwedin.

Er sah mich an. Er hatte begriffen. Und er tat endlich das, worauf ich gewartet hatte. *Er schoß.*«

Richter Coméliaus Augen weiteten sich ungläubig.

»Keine Angst! Ich hatte noch am gleichen Nachmittag im Gedränge auf dem Gehsteig seinen geladenen Revolver gegen eine leere Waffe ausgetauscht.

Das wär's! Er hat gespielt – und verloren.«

Maigret zündete seine erloschene Pfeife wieder an, erhob sich, legte die Stirn in Falten.

»Ich gebe zu, er ist ein guter Verlierer. Den Rest der Nacht haben wir zusammen am Quai des Orfèvres verbracht. Ich hab ihm offen gesagt, was ich wußte, und er hat mich nicht länger als eine Stunde anzuschwindeln versucht.

Danach hat er von sich aus die verbliebenen Lücken ausgefüllt und nur ein klein bißchen geprahlt dabei...

Jetzt ist er von einer erstaunlichen Ruhe. Er fragte mich, ob ich glaubte, er würde auf dem Schafott enden. Als ich zögerte, fuhr er grinsend fort:

›Tun Sie Ihr möglichstes, Kommissar, damit es dazu kommt. Den kleinen Gefallen sind Sie mir schuldig... Ja, wirklich, das ist eine alte Idee von mir... In Deutschland hab ich mal einer Hinrichtung beigewohnt. Im letzten Moment ist der Verurteilte, der bis zu jener Sekunde nicht mit der Wimper gezuckt hatte, in Tränen ausgebrochen und hat geschrien: Mutter!

Ich bin neugierig, ob auch ich nach meiner Mutter rufen werde. Was glauben Sie?‹«

Im Dienstzimmer wurde es still. Man konnte jetzt die Geräusche im Gerichtsgebäude und den wirren Lärm des Pariser Straßenverkehrs im Hintergrund ganz deutlich hören.

Nach einer Weile stieß der Richter die Akte, die er um des besseren Eindrucks willen zu Beginn der Unterredung aufgeschlagen hatte, von sich.

»Es ist gut, Kommissar«, begann er. »Ich...«

Er blickte an Maigret vorbei. Das Blut stieg ihm in die Wangen.

»Vergessen Sie bitte den... die...«

Doch der Kommissar schlüpfte bereits in seinen Mantel und reichte ihm mit der natürlichsten Miene der Welt die Hand.

»Morgen haben Sie meinen Bericht. Jetzt muß ich zu Moers. Ich hab ihm die zwei Briefe versprochen. Er brennt darauf, sie einer eingehenden graphologischen Prüfung zu unterziehen...«

Er zögerte einen Augenblick, ehe er hinausging, blickte noch einmal zurück, sah die zerknirschte Miene des Richters und verließ den Raum endlich mit einem kaum wahrnehmbaren Lächeln, das seine einzige Genugtuung war.

12

Der Sturz

Es war Januar. Alles war gefroren. Die zehn Männer hatten ihre Mantelkragen hochgestellt und ihre Hände in den Taschen vergraben.

Sie wechselten kurze, unzusammenhängende Sätze, während sie auf und ab stampften und dann und wann verstohlen in eine bestimmte Richtung blickten.

Nur Maigret stand abseits, mit eingezogenem Kopf. Sein Gesicht war so düster, daß keiner ihn anzusprechen wagte.

In den umliegenden Gebäuden sah man da und dort ein Fenster aufleuchten, denn der Tag war noch kaum angebrochen. Irgendwo ratterte eine Straßenbahn.

Endlich Motorenlärm, das Knallen einer Wagentür, das Knirschen von schweren Schuhen, ein paar halblaut hingeworfene Befehle.

Ein Zeitungsreporter machte sich mit unbehaglicher Miene Notizen. Ein Mann drehte den Kopf weg.

Radek stieg schwungvoll aus dem Gefängniswagen und sah sich um mit seinen hellen Augen, die in dem grauen Licht glitzerten, als hätten sie die unendliche Weite des Ozeans eingefangen.

Man hielt ihn auf beiden Seiten fest. Es störte ihn nicht. Mit weitausholenden Schritten näherte er sich dem Schafott.

Dann, plötzlich, glitt er auf dem vereisten Pflaster aus. Er fiel hin. Seine Wärter glaubten an eine Finte, beeilten sich, ihn aufzuheben.

Es dauerte nur wenige Sekunden. Aber vielleicht war dieser Sturz schlimmer als alles andere, schlimm vor allem wegen dieses Ausdrucks im Gesicht des Verurteilten, als er sich wieder aufrichtete – beschämt und seiner ganzen Ausstrahlung und Selbstsicherheit beraubt.

Sein Blick fiel auf Maigret. Er hatte ihn gebeten, dazusein, wenn er hingerichtet würde.

Der Kommissar wollte die Augen abwenden.

»Sie sind gekommen…«

Die Ungeduld wuchs. Die Nerven waren zum Zerreißen gespannt. Jeder dachte nur noch daran, die nächsten Minuten möglichst schnell hinter sich zu bringen.

Mit einem sarkastischen Lächeln drehte Radek sich nach dem Glatteis am Boden um, blickte auf, deutete auf das Schafott und sagte spöttisch:

»Verpatzt…!«

Die Männer, die beauftragt waren, seinem Leben ein Ende zu setzen, zögerten fühlbar.

Jemand sagte etwas. Ein Wagen hupte in einer nahen Straße.

Radek bewegte sich als erster. Blindlings schritt er vorwärts.

»Kommissar…«

Noch eine Minute vielleicht, und alles war vorbei. Die Stimme klang merkwürdig.

»Sie gehen wohl gleich nach Hause zu Ihrer Frau, nicht wahr? Sie hat Ihnen Kaffee gemacht…«

Maigret sah nichts mehr, hörte nichts mehr. Radek hatte recht. Seine Frau wartete im warmen Eßzimmer auf ihn, und sein Frühstück stand auf dem Tisch.

Hinterher wagte er doch nicht, nach Hause zu gehen. Er wußte selbst nicht, warum. Er kehrte geradewegs an den Quai des Orfèvres zurück, füllte den Ofen in seinem Büro mit Kohle auf und entfachte ein Feuer, das den Rost bis zur Weißglut erhitzte.

Paris, ›Hôtel L'Aiglon‹, September 1930

Georges Simenon
Als ich alt war

Tagebücher 1960–1963
Aus dem Französischen
von Linde Birk

Mit zunehmendem Alter widmete sich Simenon immer mehr autobiographischen Arbeiten. Seine Tagebücher geben Aufschluß über den Menschen hinter seinen Romanen. Simenon macht sich selbst zur Romanfigur und erforscht – gemeinsam mit dem Leser – sein Leben und sein Schreiben.

»In den Tagebüchern habe ich einen reifen Mann vor mir, einen Mann, der von allen Dingen des Lebens gekostet und Wesentliches dabei gelernt hat. Er ist ein Mensch, der seine Zukunft und seinen Lebensbereich völlig klar sieht, der weder verurteilt noch verdammt, der immer mit dem Lebensrhythmus im Einklang steht.« *Henry Miller*

»Wer im 21. Jahrhundert erfahren will, wie im 20. Jahrhundert tatsächlich gefühlt worden ist, muß Simenon lesen. Andere Autoren mögen mehr wissen über die Gesellschaft. Über den einzelnen Menschen weiß keiner so viel wie er.« *Georg Hensel*

Georges Simenon in der Diogenes Neuedition

Seit 1977 betreut der Diogenes Verlag das Gesamtwerk Georges Simenons in einer Werkausgabe. Im Laufe der Jahre erschienen über 200 Bände.
Der Autor erlebt im Augenblick eine europaweite Renaissance. In Italien ist jeder seiner neu erschienenen Romane auf den Bestsellerlisten. In Frankreich wird er anläßlich seines 100. Geburtstags 2003 in den Dichterolymp aufgenommen – seine Werke erscheinen in der prestigeträchtigen Pléiade.
Seit 1995 werden Simenons Werke im Rahmen einer Neuedition in zum Teil neuen oder überarbeiteten Übersetzungen wieder aufgelegt.

»Allmählich gibt es wieder Simenon zu kaufen, und gerade wer ihn noch nicht kennt, der hat jetzt die Möglichkeit, sich Zug um Zug und auf ganz übersichtliche Weise in Simenon einzulesen.«
Rolf Vollmann / Südwestfunk, Baden-Baden

»Zu Simenons neuerlichem Erfolg in deutscher Sprache gehört untrennbar und im wahrsten Sinne fundamental die Überarbeitung aller Übertragungen, die derzeit in Folge erscheinen: Ein so elegantes Deutsch ist selten geworden – nicht nur bei Übersetzungen.«
Elke Schmitter / taz, Berlin

Im Rahmen der Neuedition bisher erschienen:
(Stand Winter 2002/2003)

Romane

Bellas Tod
Roman. Aus dem Französischen von Elisabeth Serelmann-Küchler

Der Schnee war schmutzig
Roman. Deutsch von Willi A. Koch

Drei Zimmer in Manhattan
Roman. Deutsch von Linde Birk

Der Mann mit dem kleinen Hund
Roman. Deutsch von Stefanie Weiss

Die Großmutter
Roman. Deutsch von Linde Birk

Der große Bob
Roman. Deutsch von Linde Birk

Die Wahrheit über Bébé Donge
Roman. Deutsch von Renate Nickel

Der kleine Heilige
Roman. Deutsch von Trude Fein

Die Glocken von Bicêtre
Roman. Deutsch von Magda Kurz

Tropenkoller
Roman. Deutsch von Annerose Melter

Der Mörder
Roman. Deutsch von Lothar Baier

Die Komplizen
Roman. Deutsch von Stefanie Weiss

Die Verlobung des Monsieur Hire
Roman. Deutsch von Linde Birk

Der Mann, der den Zügen nachsah
Roman. Deutsch von Walter Schürenberg

Die Fantome des Hutmachers
Roman. Deutsch von Eugen Helmlé

Der Tod des Auguste Mature
Roman. Deutsch von Anneliese Botond

Die Witwe Couderc
Roman. Deutsch von Hanns Grössel

Der Bürgermeister von Furnes
Roman. Deutsch von Hanns Grössel

Antoine und Julie
Roman. Deutsch von Eugen Helmlé

45 Grad im Schatten
Roman. Deutsch von Angela von Hagen

Der Zug aus Venedig
Roman. Deutsch von Liselotte Julius

Wellenschlag
Roman. Deutsch von Ulrich Hartmann

Schlußlichter
Roman. Deutsch von Stefanie Weiss

Das Testament Donadieu
Roman. Deutsch von Eugen Helmlé

Die Katze
Roman. Deutsch von Angela von Hagen

Die Marie vom Hafen
Roman. Deutsch von Ursula Vogel

Das Haus am Kanal
Roman. Deutsch von Ursula Vogel

Der Zug
Roman. Deutsch von Trude Fein

Der Mann aus London
Roman. Deutsch von Stefanie Weiss

Die Zeit mit Anaïs
Roman. Deutsch von Ursula Vogel

Das blaue Zimmer
Roman. Deutsch von Angela von Hagen

Der Bericht des Polizisten
Roman. Deutsch von Markus Jakob

Im Falle eines Unfalls
Roman. Deutsch von Hansjürgen Wille und Barbara Klau

Sonntag
Roman. Deutsch von Hansjürgen Wille und Barbara Klau

Die grünen Fensterläden
Roman. Deutsch von Alfred Günther

Der ältere Bruder
Roman. Deutsch von Ingrid Altrichter

Betty
Roman. Deutsch von Raymond Regh

Das Gasthaus im Elsaß
Roman. Deutsch von Angela von Hagen

Maigret-Romane und -Erzählungen

Maigret und die alte Dame
Roman. Deutsch von Renate Nickel

Maigret und der Mann auf der Bank
Roman. Deutsch von Annerose Melter

Maigret und Pietr der Lette
Roman. Deutsch von Wolfram Schäfer. Mit einer Nachbemerkung des Autors

Maigret und die junge Tote
Roman. Deutsch von Raymond Regh

Maigrets erste Untersuchung
Roman. Deutsch von Roswitha Plancherel

Maigret und der gelbe Hund
Roman. Deutsch von Raymond Regh

Maigret als möblierter Herr
Roman. Deutsch von Wolfram Schäfer

Maigret und die Bohnenstange
Roman. Deutsch von Guy Montag

Maigret bei den Flamen
Roman. Deutsch von Claus Sprick

Maigret und die widerspenstigen Zeugen
Roman. Deutsch von Wolfram Schäfer

Maigret und der Gehängte von Saint-Pholien
Roman. Deutsch von Sibylle Powell

Maigret und der verstorbene Monsieur Gallet
Roman. Deutsch von Roswitha Plancherel

Maigret und die Keller des ›Majestic‹
Roman. Deutsch von Linde Birk

Maigret zögert
Roman. Deutsch von Annerose Melter

Maigrets Nacht an der Kreuzung
Roman. Deutsch von Annerose Melter

Maigret und der Verrückte von Bergerac
Roman. Deutsch von Hainer Kober

Maigret und das Schattenspiel
Roman. Deutsch von Claus Sprick

Maigret und das Dienstmädchen
Roman. Deutsch von Hainer Kober

Maigret in der Liberty Bar
Roman. Deutsch von Angela von Hagen

Maigret regt sich auf
Roman. Deutsch von Wolfram Schäfer

Maigret und der einsame Mann
Roman. Deutsch von Ursula Vogel

Maigret und der Spitzel
Roman. Deutsch von Inge Giese

Maigret am Treffen der Neufundlandfahrer
Roman. Deutsch von Annerose Melter

Maigret und das Verbrechen in Holland
Roman. Deutsch von Renate Nickel

Maigret kämpft um den Kopf eines Mannes
Roman. Deutsch von Roswitha Plancherel

Maigret amüsiert sich
Roman. Deutsch von Renate Nickel

Maigret macht Ferien
Roman. Deutsch von Markus Jakob

Mein Freund Maigret
Roman. Deutsch von Annerose Melter

Hier irrt Maigret
Roman. Deutsch von Elfriede Riegler

Maigret hat Skrupel
Roman. Deutsch von Ingrid Altrichter

Maigret contra Picpus
Roman. Deutsch von Hainer Kober

Weihnachten mit Maigret
Erzählung. Deutsch von Hans-Joachim Hartstein

Biographisches

Als ich alt war
Tagebücher 1960–1963. Deutsch von Linde Birk

Brief an meine Mutter
Deutsch von Trude Fein

Stammbaum
Pedigree. Roman. Deutsch von Hans-Joachim Hartstein

Außerdem erschienen:

Das Simenon Lesebuch
Erzählungen, Reportagen, Erinnerungen. Ein Querschnitt durch das Gesamtwerk. Enthält u.a. ›Briefwechsel mit André Gide‹, ›Brief an meine Mutter‹, Beiträge von Elke Schmitter und Franz Schuh sowie einen Essay von Gabriel García Márquez. Mit Chronik und Bibliographie. Herausgegeben von Daniel Keel, Barbara Bauer und Anna von Planta. Dritte, aktualisierte und erweiterte Auflage 2002

Über Simenon
Essays, Aufsätze und Zeugnisse von André Gide bis Alfred Andersch. Mit Lebensdaten, Bibliographie und Filmographie. Herausgegeben von Claudia Schmölders und Christian Strich. Zweite, erweiterte und verbesserte Auflage

Simenon auf der Couch
Fünf Ärzte verhören den Autor sieben Stunden lang. Deutsch von Irène Kuhn. Mit einer Vita in 43 Bildern, einer Bibliographie und Filmographie

Meistererzählungen
Deutsch von Wolfram Schäfer, Angelika Hildebrandt-Essig, Gisela Stadelmann, Linde Birk und Lislott Pfaff

Stanley G. Eskin

Simenon
Eine Biographie. Mit zahlreichen Fotos, Lebenschronik, Bibliographie, ausführlicher Filmographie, Anmerkungen, Namens- und Werkregister. Aus dem Amerikanischen von Michael Mosblech

Carissimo Simenon
Mon cher Fellini
Der Briefwechsel zwischen Federico Fellini und Georges Simenon. Mit einem Vorwort von Claude Gauteur und einem Gespräch von Georges Simenon mit Federico Fellini. Aus dem Italienischen und Französischen von Linde Birk. Herausgegeben von Claude Gauteur und Silvia Sager

Robert J. Courtine

Simenon und Maigret bitten zu Tisch
Die klassischen französischen Bistrorezepte der Madame Maigret. Aus dem Französischen von Pierre F. Sommer

Liaty Pisani im Diogenes Verlag

Der Spion und der Analytiker

Roman. Aus dem Italienischen von Linde Birk

Gefährlich, wenn ein Psychoanalytiker die Standesregeln verletzt und zu sehr ins Leben seiner Patienten eindringt. Den Wiener Analytiker Guthrie läßt es jedenfalls nicht kalt, als die schöne Alma Lasko ihn versetzt und er erfährt, daß ihr plötzliches Verschwinden mit dem seltsamen Tod ihres Mannes zu tun haben muß. Fatal auch, wenn ein internationaler Spitzenagent unter einem Kindheitstrauma leidet, das im falschen Moment aufbricht. So geht es dem Agenten Ogden, der sich mit Guthrie zusammentut, um Alma Lasko ausfindig zu machen. 007 auf der Couch, und ein Psychoanalytiker, der zum Spion wird: die beiden geraten in eine aufregende Verfolgungsjagd, die Wien, Zürich, Genf und Mailand zum Schauplatz hat.

»›Der dritte Mann‹, erneuert und korrigiert an einer apokalyptisch gezeichneten Jahrhundertwende.«
Epoca, Mailand

Der Spion und der Dichter

Roman. Deutsch von Ulrich Hartmann

Juni 1980. Ein italienisches Zivilflugzeug mit 81 Insassen stürzt auf dem Weg von Bologna nach Palermo ins Meer. Offensichtlich abgeschossen. Wer steckt dahinter? Die NATO? Libyen? Liaty Pisanis Thriller basiert auf einem düsteren Kapitel der italienischen Nachkriegszeit, der bisher unaufgeklärten Affäre Ustica. Was Ogden dabei herausfindet, ist haarsträubend. Lediglich Fiktion oder brutalste politische Realität?

»Ein Volltreffer. Ein Roman, der einem die Haare zu Berge stehen läßt. Ich habe das Buch gefressen, mit allen Krimi-Symptomen wie Herzrasen und feuchten Händen.« *Süddeutscher Rundfunk, Stuttgart*

»Mit erzählerischer Bravour und vergnüglicher Ironie verwandelt Liaty Pisani den traditionellen Kriminalroman in ein Schauermärchen – vor dem Hintergrund einer realen Tragödie.« *Der Spiegel, Hamburg*

Der Spion und der Bankier

Roman. Deutsch von Ulrich Hartmann

Der Schweizer Bankier, der zuviel wußte, wird ermordet. Es geht um viel Geld: um nachrichtenlose Vermögen. Agent Ogden soll den Sohn des Toten aufstöbern, der mit Beweismaterial von Zürich nach Südfrankreich, aber auch aus der Gegenwart in die Vergangenheit geflohen ist – ins Reich der Katharer. Dieses Volk von Häretikern wurde im Mittelalter bekämpft – wie auch damals schon die Juden – und in den Albigenser-Kriegen vernichtet. Mit der erforderlichen Sensibilität nähert sich Liaty Pisani dem Thema Völkermord, ohne dabei auf einen spannenden Plot zu verzichten.

»Die Italienerin Liaty Pisani räumt gleich mit zwei Vorurteilen auf: daß Spionage-Thriller eine Männerdomäne sind und daß nach dem Ende des kalten Krieges die guten Stoffe fehlen. Über Ogden, den sympathischen Grübler, dem die Moral mehr bedeutet als seine Mission, wollen wir mehr lesen!«
Brigitte, Hamburg

Der Spion und der Schauspieler

Schweigen ist Silber

Roman. Deutsch von Ulrich Hartmann

Ogden wollte zwar aus dem Geheimdienst aussteigen, doch sein Freund, der Berliner Schauspieler Stephan Lange, kommt in Bedrängnis – seit Präsidentschaftskandidat George Kenneally vor der amerikanischen Ostküste abgestürzt ist, wird er verfolgt. Er soll dafür büßen, daß er das Gerücht des Mordes in Umlauf gesetzt hat. Was bleibt Gentleman Ogden anderes übrig, als ihm zu helfen? Die Flucht führt sie von den Kykladen über Bern und Monte Carlo nach Berlin, der heimlichen Hauptstadt aller Spionagedienste.

»Zart, aber hart: Liaty Pisani belebt mit ihren Büchern den Geheimagentenroman neu. Gestern war Bond, heute ist Ogden.« *Juliane Lutz / Focus, München*

Die Nacht der Macht

Der Spion und der Präsident

Roman. Deutsch von Ulrich Hartmann

New York, August 2001. Oligarch Borowski wird nervös: Seine Wahrsagerin hat ihn verlassen. Kurz bevor ein Anschlag auf den russischen Präsidenten stattfinden soll. Solange sie ihre Visionen hatte, fühlte er sich sicher. Nun plagen ihn Alpträume. Was hat sie gesehen?
Eins ist sicher: Sie weiß viel. Für Agent Ogden und seinen Dienst Grund genug, sich um sie zu kümmern. Denn Ogden hat von höchster Stelle den Auftrag erhalten, den russischen Präsidenten zu schützen und seine Feinde auszuschalten. Wäre da nur Borowski, der Auftrag wäre schnell erledigt. Aber das Netzwerk gegen den Präsidenten spannt sich über die ganze Welt: von Afghanistan über Tschetschenien bis in die USA. Auch in Europa wird am Staatsstreich gearbeitet. Mafiaboss Kachalow ist kurz davor zuzuschlagen. Zu dumm, daß Borowski so unberechenbar geworden ist. Mit seiner Nervosität gefährdet er die ganze Aktion. Kachalow zitiert ihn nach Paris, doch die Situation ist bereits aus dem Ruder gelaufen.

»Mit Ogden hat Liaty Pisani einen Helden geschaffen, der Gefühl und Verstand in eine zerbrechliche Balance bringt. Sie erweist sich als Meisterin des Agententhrillers.« *Volker Hage / Der Spiegel, Hamburg*